KB207028

내가
이런
데서

일
할
사
람
이
아
닌
데

월급사실주의 ● 2025

내가

이런 데서

일할 사람이

아닌데

황시운 황모과 조승리 이은규 윤치규 예소연 서수진 김동식

문학동네

쌀먹:
키보드
농사꾼

김
동
식

○
김동식

2016년부터 온라인 커뮤니티에 올린 창작물을 모아 2017년 소설집 『회색 인간』 『세상에서 가장 약한 요괴』 『13일의 김남우』를 출간하며 작품활동을 시작했다. 소설집 『양심 고백』 『정말 미안하지만, 나는 아무렇지도 않았다』 『성공한 인생』 『하나의 인간, 인류의 하나』 『살인자의 정석』 『일주일 만에 사랑할 순 없다』 『문어』 『밸런스 게임』 『궤변 말하기 대회』 『청부살인 협동조합』 『인생 박물관』 『현실 온라인 게임』 『보그나르 주식회사』, 중편소설 『악마대학교』, 산문집 『무채색 삶이라고 생각했지만』 등이 있다.

'집판검'이라 불리는 게임 아이템이 있다. 대검 아이템 하나가 집 한 채 값이라며 붙은 별명이다. 과장이 아닌 게 십 년 전에는 정말 삼 억원을 호가했다. 단지 게임 속 데이터 쪼가리에 불과한데 그 가격이라니 대단한 일이다. 하지만 이제 그건 과거의 영광이 될지 모른다. 시간이 지날수록 국내 온라인 게임 시장이 좁아지고 있으니까.

개돼지가 아닌 이상 한국산 게임은 안 하지.

대기업 게임사를 많이 보유한 한국에서 이런 말이 나오는 건 이상한 일이다. 실은 그런 대기업형 BM*이 원인이라고 봐야 했다.

게임성보다 돈벌이에 집중하는 게임사들의 모습에 지친 유저들에게선 이제 이런 말까지 나오게 되었다.

한국 게임은 중국 게임한테 따라잡힌 지 오래됐다. 요즘은 한국보다 중국이 더 게임을 잘 만든다고. 왜겠냐? 중국은 진짜 게임을 좋아하는 사람들이 만들고, 한국은 사업가들이 만들거든. 개발자들 근본부터가 다르다니까? 중국 개발자들 인터뷰만 봐도 마인드 차이가 보여. 그리고 걔네 사진만 봐도 게임 좋아하게 생겼어. 안경, 거북목, 체크 남방, '개발 주머니'인 뱃살까지. 완전 근본이라고. 한국은 그냥 좋은 대학 나온 엘리트들이 만들면서 게이머들 무시나 하고. 어휴. 되겠냐?

온라인 게임 하면 한국이던 시절이 몇 년 전인데, 이런 말은 굴욕적이었다. 하지만 쉽게 반박하기 힘든 것도 사실이었다. 그만큼 국내 게임사들이 유저들에게 엄청난 욕을 먹고 있었다. 이번에 판교의 대기업에서 밀어주는 대형 게임 출시를 앞두고도 예전과는 여론이 달랐다. 예전에야 출시일을 기다리며 기대감을 표하는 댓글이 많았지만, 요즘은 그냥 다 욕이었다.

—보나마나 또 양산형 자가복제 게임이겠지. 겉모습만 바꾸면 뭐해. 내용이 다 똑같은데 뭘 기대하라는 거야?

---

* 비즈니스 모델(Business Model)의 약어. 게임 산업에서는 월정액제, 패키지 및 유료 아이템 판매 등의 과금 모델을 일컫는다.

─그렇게 당하고도 아직 그 회사 게임 하면, 이젠 하는 사람도 문제가 있는 거다. 개돼지라고 해도 할말 없다.

─착한 BM? 이번엔 현금 결제 유도가 거의 없을 거라고? 게임성으로 승부한다고? 너 같으면 또 속겠냐?

인터넷 여론의 구십 퍼센트는 그 게임사를 욕한다고 봐야 했다.

그런 난장판에서 정말 열심히 게임사를 옹호하는 사람이 있었으니, 서른세 살 청년 김남우다.

이번에 베타 테스트 영상 보니까 완전히 달라졌던데? 고티* 받은 해외 개발자 영입해서 만들었다더니 확실히 다르더라. 트윗에 올라온 반응 보면 해외 평가도 되게 좋다던데.

김남우가 사진 자료와 링크까지 올려가며 공들여 옹호해도 돌아오는 건 고작 한 줄이었다.

회사에서 알바 풀었냐?

---

* Game of the Year(올해의 게임)의 약어. 여러 온·오프라인 매체에서 한 해 동안 발매된 게임 중 그해를 대표할 만한 뛰어난 게임에 수여하는 상을 통칭한다.

김남우가 아니라고 밝혀도 먹히질 않았다. 그 게임을 옹호하려
면 일 대 백으로 전투해야 했다.

—게임 영상도 안 보고 억까하지 마라. 일부러 카툰 렌더링 방식으
로 느낌 낸 건데 알지도 못하는 놈들이 그래픽 타령이냐.

—어 그래봤자 그래픽 찰흙이죠? 타격감 쌈구리죠? 십 년 전 게임
보다 못하죠? 망겜이죠?

—전문가들 평가는 다 좋은데 방구석 겜알못들이 뭘 안다고 망겜 타
령이야.

—듣보 전문가들 돈 주고 매수했죠? 저번 개망작도 좋다고 말했었
죠?

김남우는 이런 싸움을 할 때마다 미치고 환장할 지경이었다. 난
자료를 제공하며 팩트를 기반으로 말하는데, 뇌피셜로 그저 망겜 타령
만 하는 놈들이랑 나 중에 누가 맞는 거냐? 상식이 있으면, 어? 하지
만 어떤 논리를 펼쳐도 돌아오는 반응은 변함이 없었다. 알바네,
이 새끼. 얼마 받길래 이렇게 열심히 댓글 다냐?

갑갑하지만 현실이 그랬다. 한번 박혀버린 개돼지 게임사 이미
지는 아무리 노력해도 개선하기 힘들었다. 게임사에서 쇄신을 공
표해도 사람들은 믿지 않았다. 유저들 사이에서 그 회사는 명백한
악이었고, 그 회사를 공격하는 일은 명백한 정의였다. 이런 농담

도 나돌았다. 인터넷에서 그 게임을 옹호하는 사람은 딱 두 종류다. 게임사에서 고용한 댓글 알바, 아니면 그 회사 주식을 산 인간들.

사실은, 거기에 한 부류가 더 있었다. 그러니 김남우가 억울할 수밖에.

"난 진짜 알바 아니라고!"

*

그는 단지 '쌀먹'이었다. 쌀먹은 '게임 머니 팔아서 쌀 사 먹는 다'는 밈에서 파생해 지금은 게임을 통해 생계를 유지하는 사람을 칭하는 말로 쓰이고 있다. 원래는 뒤에 '충'을 붙여 '쌀먹충'이라고 비하하는 용도로 시작됐었다. 일반인들의 시선에 그들은 참 한심한 종자들이었으니까. 놀이공원에 놀러와서 놀이기구는 안 타고 바닥에 떨어진 동전만 주우러 다니는 꼴 아닌가? 놀이기구에 탄 사람들이 내려다보며 혀를 차는 게 당연했다. 그럼에도 쌀먹하는 사람들은 점점 늘어나고 있었다. 온라인 게임이 창출해낸 신종 직업인 셈이었으므로 그들은 국내 게임사를 옹호할 수밖에 없었다. 게임이 흥해야 그들의 일도 흥하니까.

이번엔 진짜 다른 것 같다니까? 객관적인 팩트로 게임을 보자니까, 좀! 잘했을 때는 잘했다고 칭찬을 해줘야 앞으로도 좋은 방향으로 개발을 하지, 무조건 욕만 하면 게임사도 잘 만들어줄 이유가 없잖아!

김남우는 의무감으로 게임사를 옹호하면서도 회의감이 들었다. 사실 그도 쌀먹이 되고 싶어서 된 건 아니었으니까.

'멀쩡하게 대학교까지 졸업한 청년이 왜 취직을 못해?'

김남우가 가장 싫어하는 말이었다. 저번 추석 때는 같은 레퍼토리로 사촌동생을 혼내는 큰아버지 앞에서 '뭘 안다고 그래요?' 란 말이 목구멍까지 차올랐지만 겨우 참았다. 그의 부모님 때문이었다.

"요즘 취업하기가 얼마나 힘든데 그래. 대학교 졸업한다고 다 취직되는 줄 알아? 우리 남우도 지금이야 게임 회사 다닌다지만, 몇 년간 취직 못해서 욕봤어."

그의 부모님은 그가 게임 회사에 다니는 줄 알고 있었다. 그래서 그는 오래 집에 머무를 수 없었다.

"벌써 올라가게?"

"일이 너무 바빠서요. 아시잖아요. 판교는 원래 명절에도 계속 일해요."

"그러냐? 그래 알았다. 게임 회사가 참 힘들구나. 욕봐라."

김남우는 그렇게 돌아설 때마다 자괴감이 들었다. 게임 회사에서 월급을 받는 게 아니라 게임을 해서 먹고사니까. 이걸 설명할 방법도, 용기도 없어서 이리저리 둘러대다보니 게임 회사에 다니는 사람이 되어버린 거였다.

"게임 회사들 거의 대기업 아닌가? 판교에 건물이 으리으리하다잖아. 남우 녀석 성공했네. 어릴 때 그렇게 게임만 해대더니 게임 회사 들어가려고 그랬나봐."

"에헤이, 남우가 열심히 했으니까 들어간 거지 무슨, 게임만 잘한다고 들어가나? 쟤가 원래 머리는 참 좋았어."

이런 대화들이 김남우의 등에 식은땀이 흐르게 하고 심장이 쿵쾅거리도록 만들었지만, 차마 사실을 고백할 순 없었다. 그는 언젠가 들통날 이 일의 끝이 파멸이란 걸 알면서도 위태로운 외줄타기를 하는 중이었다. 아무런 대책도 없이 벌써 몇 년 동안이나 말이다.

당연히 그도 번듯한 직장을 다니고 싶었다. 하지만 대학교를 졸업하자마자 뛰어든 취업 시장은 가혹했다. 그가 원하는 직장은 죽었다 깨어나도 들어갈 수가 없었다.

"멀쩡하게 대학교까지 졸업한 청년이 왜 취직을 못하나? 요즘 애들은 눈이 너무 높아서 문제라니까. 우리 때는 말이다."

주변 어른들의 이런 압박에 어쩔 수 없이 작은 회사에 취직했는데, 그건 인생 최악의 선택이었다. 거지같은 시스템에 거지같은 인간들. 회사생활 오 개월 동안 그가 얻은 건 스트레스성 탈모, 위염, 인간 혐오였다.

"내가 너 가르치느라 일을 이중으로 하고 있는데, 내 월급은 그대로거든. 그럼 네 월급 중 절반은 원래 내 돈 아니냐? 어떻게 생각해? 아무 생각이 없어? 너 양아치네, 진짜. 내가 뭐 돈 달랬냐?"

"장난도 못 해? 내가 혼자 내기하자고 한 거야? 남우씨도 동의한 거잖아. 밥값 그거 얼마나 한다고 사람을 쓰레기로 만들고. 나 멕이려고 일부러 그랬지? 신입한테 밥 얻어먹는다고 욕먹게 하고 싶었어? 더러워서 밥값 보내줄 테니까 다신 나한테 인수인계니 뭐니 지랄하지 마."

"뭐? 연봉이 잘못됐다고? 수습이잖아, 수습! 그건 상식이지, 설명을 안 하긴 뭘 안 해! 이래서 학벌 달리는 놈은 쓰기가 싫다니까. 나니까 너 같은 거 뽑아준 거야. 고마운 줄도 모르고 말이야."

"자ㅡ 다들 남우씨 덕분에 야근하게 됐으니 박수 한번 쳐주죠? 덕분에 집 갈 때 차 안 막히겠네ㅡ 박수ㅡ!"

김남우는 그 시절을 떠올리기만 해도 심장이 쿵쾅거렸다. 진작에 그만두지 못하고 오 개월이나 다닌 게 너무나도 후회됐다.

"참 유별나다, 유별나. 남들도 다 그렇게 사는데, 그렇게 의지가 약해서 어떻게 살려고 그러니?"

부모님의 이런 말들만 아니었어도 바로 퇴직했을 텐데. 뒤늦은 퇴직조차도 마음이 편치 않았다.

"갈 곳은? 언제까지 쉬려고? 그만둘 거면 따로 대책을 세워놓고 그만뒀어야지."

집에서 생활비를 지원해주는 것도 아니니 아르바이트 자리라도 전전해야 했지만, 그는 사람을 대하는 일 자체가 힘들었다. 조금만 진상을 부리는 사람을 만나도 공황이 일어날 지경이었는데, 심지어 그렇게 고통받아가며 버는 돈이 크지도 않았다. 요즘 아르바이트는 죄다 주휴수당을 안 주려고 근무시간을 쪼개놓아 서너 시간씩만 일해서는 돈이 되질 않았다. 고작 세 시간어치 시급을 벌기 위해서 준비와 이동에 두 시간씩 쓰는 게 말이 되는가. 그렇기에 김남우는 '차라리'란 생각이 든 거다. 덜 벌더라도 고통받지 않고 싶다는 심정으로 찾아낸 하찮은 일, 그게 바로 쌀먹이었다.

김남우는 학창시절에 게임 머니를 팔아서 용돈을 벌어본 경험이 있었다. 물론 그땐 그걸 직업으로 삼게 될 줄은 몰랐지만, 막상 시작한 쌀먹은 예상보다도 훨씬 괜찮은 일이었다. 잘하면 한 달에 백만원씩도 벌 수 있지 않은가? 게다가 쌀먹은 그가 도전한 다른 모든 일보다 너그러웠다. 학벌, 스펙, 경력, 사회성, 그 어떤 것도 요구하지 않았다. 육체적으로도, 정신적으로도 힘들지 않았다. 오히려 아무 생각 없이 게임 속 사냥 노가다를 반복하다보면 정신이 치유되는 느낌까지 들었다. 김남우는 점점 더 본격적으로 쌀먹에 빠져들었고, 일 년 만에 모니터만 네 개를 띄워놓고 일하는 전업 쌀먹이 되었다. 다만 그런 경지에 올라도 안정성은 없었다. 쌀먹은 보통의 직업과는 달리 호봉이 갈수록 하락하기 때문이었다.

온라인 게임 속 재화는 오픈 초기에 가장 비쌌고 서비스 기간이 길어질수록 가치가 떨어졌다. 그래서 전업 쌀먹들이 항상 주시하는 게 있었다. 대기업에서 강력하게 밀어주는 대형 신작 게임의 출시일이었다. 게임 출시 직후의 쌀먹 시세는 그야말로 '미친' 수준이었다. 비유하자면 튤립파동의 정점이랄까? 과장 좀 보태서, 좋을 때는 하루에 수백만원도 벌 수 있다는 게 쌀먹들의 자랑이었다. 그래서 김남우도 대작이 출시되는 날이면 컴퓨터 옆에 에너지 드링크를 쌓아두고 밤새도록 달렸다. 몸이 좀 상할지라도 한철 장사로 진짜 '대기업'급 수익을 올릴 수 있었으니까. 그렇기에 이번에 출시되는 게임도 무조건 대박이 나야 했다. 하지만 아무리 열심히 홍보하고 다녀도 대중의 반응은 차가웠다.

와 이 정도면 얘 알바가 아니라 정직원인데? 개발자 아니냐?

진짜 그곳 직원이면 억울하지나 않지! 사실 김남우는 하루에도 몇 번이나 상상했다. 부모님이 믿는 것처럼, 내가 정말로 판교 게임 회사에서 일한다면 얼마나 좋을까? 가족들 얼굴 보기도 부끄럽지 않고, 친구들도 당당하게 만날 텐데.

사실 김남우는 쌀먹 일을 하면서 친구들과 거의 약속을 잡지 않고 있었다. 다들 번듯한 직장에 다니는데 쌀먹 한다고 솔직하게 말하기도 창피하고, 게임 회사 다닌다고 거짓말을 하기도 부담스러웠으니까. 그동안 가장 친한 친구인 정재준이 몇 번이고 불러내도 바쁘단 핑계로 욕까지 먹어가며 거절했었는데, 기어이 한 번은 나가야 할 것 같은 일이 생겨버렸다.

"이번에 홍혜화 선생님 생일이라서 애들 다 모이는 거 알지? 이 날도 안 나오면 진짜 너 영영 안 본다."

*

오랜만에 만난 친구들은 반가웠다. 어쩌면 몇 년 동안 제대로 된 인간관계를 맺지 못해 사람이 그리웠는지도 몰랐다. 하지만 시간이 지날수록 김남우는 구석에 처박히게 되었다. 자꾸 근황을 묻는 친구들에게 대충 얼버무리는 것보다는 그게 마음이 편했다. 얼마간 혼자 조용히 있다가 빠져나갈 생각이었는데, 반가워하며 마주앉아오는 이가 있었다.

"김남우? 남우 맞지?"

"어? 송서선?"

"맞아. 기억하는구나?"

김남우는 자신을 향해 환하게 웃는 여자를 보며 추억에 빠졌다. 과거 송서선이 도서부 부장이었고, 그가 부부장이었다. 둘 다 내향적이어서 별다른 대화를 나누진 못했었지만, 도서관 행사 같은 걸 치른 날엔 항상 마지막까지 함께 남아 뒷정리를 했었다. 사서 선생님이 조용하고 성실하다며 아낀 학생들이었던 거다. 둘은 순식간에 추억 얘기로 빠져들었다.

"남우야, 너 기억나지? 작가와의 만남 끝나고 우리 둘만 따로 작가님한테 밥 얻어먹었었잖아."

"그랬지. 그때 작가님이 우리 둘이 잘 어울린다고 해서 너 울지 않았었나?"

"맞아 맞아! 근데 그땐 부끄러워서 그랬던 거야. 네가 당황할 때 속으로 얼마나 미안했다고. 그거 꼭 말해주고 싶었어."

"어? 난 별생각 없었는데."

"아, 진짜? 괜히 미안해했네?"

송서선의 멋쩍은 웃음을 시작으로 두 사람의 화기애애한 대화가 이어졌다.

"맞아, 그랬지. 너 그때 시 쓰지 않았어?"

"악! 잊어줘!"

"밤하늘에 뭐 어쩌고저쩌고였던 것 같은데……"

"아, 하지 말라고 제발!"

김남우는 그의 팔뚝을 때리며 자지러지듯 웃는 송서선의 모습에 심장이 울렁거렸다. 그게 그를 자꾸만 장난스럽게 굴도록 만들었다. 이성 앞에서 이토록 말이 술술 나오다니 그 자신도 신기할 정도였다.

"어릴 땐 이 나이쯤 되면 당연히 철들 줄 알았는데 너 보니까……"

"뭐! 내가 뭐!"

"아직 아무 말도 안 했는데? 너 보니까 당연히 철들었네."

"아, 뭐야—"

어쩜 이렇게 죽이 잘 맞는지, 둘의 대화는 쉼없이 이어졌다. 모임이 끝날 때는 아쉬워서 바로 헤어지지도 못했다.

"안 되겠다. 따로 연락해도 되지? 번호 뭐야?"

"어? 어, 그래. 휴대폰 줘봐."

김남우는 정말 오랜만에 설렘이란 감정을 느꼈다. 그날 이후로도 송서선과 연락을 이어갔는데, 대화의 뉘앙스나 빈도만 봐도 무조건 썸이었다. 기어이 주말에 식사 약속까지 잡게 되었다.

"밥 먹고 영화 보러 갈까?"

"어? 어어, 좋지."

"아니면 도서관 갈래? 너 아직도 책 좋아해?"

"아, 좋아하지. 너는?"

"나도 좋아하지. 도서관 가자 그러면."

"그럴까?"

송서선과의 만남은 너무나도 즐거웠다. 김남우는 오랜만에 찾아온 썸에 푹 빠져버렸다. 매일 연락을 주고받느라 쌀먹 활동에 지장이 갈 정도였다. 다만, 썸에서 한 발 더 나아가는 건 힘들었다. 분위기상 사귀자고 고백하면 받아줄 것 같은데, 그의 가짜 직업이 문제였다. 쌀먹 주제에 연애를 해도 될까? 어떻게 좋아하는 여자한테 쌀먹으로 먹고산다는 말을 한단 말인가? 아니면 언젠가 파멸이 올 걸 알면서도 계속 거짓말을 해야 하는가? 그게 마음에 걸려서 섣불리 사귀자는 말을 꺼내지 못하다가, 김남우는 정말 오랜만에 취업 시장의 문을 두드려보게 되었다. 정식으로 회사에 입사하면 그래도 사귀잔 말을 할 수 있지 않을까!

그건 김남우에게는 기적에 가까운, 설렘이 커다란 용기를 끌어 모아 일으킨 대사건이었다. 그러나 현실은 냉혹했다. 웬만한 대기업은 나이 많은 경력 단절자에게 기회를 주지 않았다. 그렇다고 복불복 중소 회사에 들어갔다가 또 고통받고 싶진 않았고, 단순 노무직은 지금의 쌀먹보다 좋은 점이 없어 보였다. 어차피 단순 노무직이나 쌀먹이나 의미 있는 경력을 쌓기 어렵고 미래가 불안 정한 건 똑같지 않은가? 마지막으로 기술이라도 배울 수 있는 현장직을 알아보았지만, '요즘 경기가 어렵다' '인건비 때문에 한국인은 잘 안 쓴다'는 얘기만 들었다. 중국인도 비싸서 다른 국적 인력을 쓰는데, 한국인은 말 다 했다면서 말이다.

돌고 돌아 결국에는 쌀먹. 서른세 살 청년 김남우가 할 수 있는 일은 그것밖에 없었다. 이렇게 되자, 김남우는 그가 잘하는 합리화를 시작했다. 일단은 사귀다가, 기다리는 그 대형 게임 출시일에 진실을 고백하면 어떨까? 하루에 백만원씩 버는 모습을 보여주면 이해하지 않을까? 직업이란 게 결국에는 돈을 얼마 버느냐가 중요한 거 아닌가?

김남우는 고백하기로 결심했다. 그러나 그럴 수 없었다. 송서선
에게서 먼저 연락이 왔기 때문이었다. 그녀의 목소리는 어느 때보
다 차가웠다.

  "남우야, 너 게임 회사 다니는 거 아니라면서?"

  "뭐?"

  "들었어. 너 판교에서 게임 회사 다니는 게 아니라, 게임을 하
는 거라면서?"

  김남우의 얼굴이 순식간에 창백해졌다. 사실 그동안 친구들한
테 게임 회사에 다닌다고 직접 말한 적은 없었다. 그런 얘기가 나
올 때 부정하지 않았을 뿐이었다. '너희 마음대로 착각했을 뿐이
고, 난 그런 말 한 적 없다'란 명분이 그의 자존심을 지켜주는 마
지노선이었는데, 이번에는 달랐다. 자기도 모르게 변명이 튀어나
왔다.

  "어어? 어, 맞아. 게임을 하는 게 일인데…… 일종의 테스터라
고 알지? 새 게임이 출시되기 전에 미리 해보는 사람들 있잖아."

  하지만 이어진 송서선의 말에 정신이 아찔해졌다.

  "너 쌀먹 한다며."

  "아……"

  이 단어를 안다는 것은, 웬만한 사람은 모르는 이런 마이너한
말을 안다는 것은 모든 내막을 다 알고 있다는 뜻이었다.

  "너 진짜 실망이다. 다른 것보다 네가 나한테 거짓말한 게 너무

상처야. 서른 넘어서도 남자한테 속게 될 줄은 몰랐어 진짜."

김남우는 기어들어가는 목소리로 미안하다는 말만 반복할 뿐, 그 어떤 변명도 할 수 없었다. 쌀먹은 죄였다. 송서선은 다시는 연락하지 말라며 번호까지 차단해버렸고, 김남우는 처참하게 무너져내렸다. 그때 공교롭게도 정재준에게 연락이 왔다.

"서선이한테 연락 왔지? 남우야, 미안하다. 내가 무정이한테 한 얘기를 무정이가 실수로 말해버렸나보다."

김남우는 그 말이 더 충격이었다. 친구들은 그가 쌀먹으로 먹고 산다는 것을 이미 알고 있었다. 자신이 상처받을까봐 일부러 모른 척한 걸까? 모른 척하면서 뒤로는 얼마나 비웃었을까? 얼마나 우스웠을까?

정재준은 위로한답시고 연락한 듯했지만, 역효과만 일어났다.

"남우야, 차라리 잘됐다고 생각해라. 보아하니 서선이 걔는 네가 판교 대기업에서 일한다니까 의도적으로 접근했던 거야. 평소에 맞선 엄청나게 보고 다닌다더라. 계산기 두들겨보고 접근한 건데 네가 괜히 미안해할 필요 없다."

김남우는 정재준에게 욕을 퍼붓고 전화를 끊어버렸다. 그러고는 이틀 내내 술만 마셨다. 어떻게 알았는지 정재준이 그의 집까지 찾아왔다. 그래도 가장 친한 친구라고 걱정하는 기색이었다.

"야야, 마실 거면 안주도 같이 먹어야지 인마. 내가 가서 술이랑 안주 사올 테니까 기다려라."

"됐어, 이 새끼야."

"아, 미안해! 일단 한잔하자. 어?"

그렇게 둘이서 같이 술을 마시다보니, 김남우도 그동안 못했던 이야기를 다 쏟아내게 되었다.

"야, 난 뭐 쌀먹 하고 싶어서 하는 줄 알아? 나도 너처럼 인마 직장생활 하고 싶었어! 씨발 신입 뽑는데 왜 경력을 요구하냐고! 뽑혀야 경력을 쌓지!"

"그래그래, 인마 다 알아. 요즘 회사들 거지같은 거 나도 알지."

"노느니 아무데서나 일하라고? 좆소기업이 웬만큼 좆소기업이 어야지, 씨발! 너 가래침 뱉은 휴지로 맞아봤어? 얼굴에 던지는 거 맞아봤냐고, 씨발!"

"씨발, 너무하네!"

김남우는 이런 자리를 간절히 기다려온 사람처럼 그간의 응어리를 모조리 털어냈다.

"그리고 쌀먹이 뭐 어때서? 씨발 이것도 능력이야! 머리가 좋아야 한다고! 사냥터 견제해야지, 아이템 시세 다 외워야지, 봇* 신고 대응해야지, 씨발. 이거 진짜 머리 나쁜 놈은 죽어도 못 해. 나 정도 게임 이해력이 되니까 할 수 있는 거지. 중국 알지? 중국 놈

---

* 사람이 아니라 프로그램이 조종하는 캐릭터. 봇 운용은 자동 사냥을 꾀하려는 편법으로 게임 정책에 위반된다.

들 아예 작업장 차려놓고 전문적으로 하는 거? 걔네랑 같은 사냥
터에서 비비는 건 답이 없어요. 쌀먹 하려면 캐릭터 레벨도 장비
도 최상위권으로 맞춰서 졸라 컨트롤해야 한다니까? 아무나 하는
거 아니야, 쌀먹이!"

"대단하다. 저기 모니터 네 개도 한 번에 다 돌리는 거냐?"

"쉽지 않아, 그것도. 나니까 하지, 아무나 못 해 진짜."

"그러니까. 너니까 한다. 너 원래 게임 잘했잖아 인마. 대단하
다 대단해."

정재준은 정말 김남우의 마음을 잘 헤아려주었다. 헤어지기 직
전까지는 말이다. 만취해서 돌아가기 전에 위로한답시고 던진 마
지막 말이 문제였다.

"남우야, 인마. 솔직히 난 네가 부럽다. 현실에선 솔직히 내가
너보다 나아 보일지 어떨지 모르겠는데, 그래도 넌 게임 속에서는
위상이 엄청날 거 아니냐. 난 어떤 줄 아냐? 회사에서 그냥 말단
부품이다 부품. 사람들이 날 얼마나 업신여기는 줄 아냐? 넌 그래
도 게임에서는 사람들이 인정해주고 알아주고 하잖냐. 부럽다 진
짜. 그런 면에선 나보다 네가 훨씬 낫다 인마."

그 말을 들은 김남우는 술이 확 깰 정도로 울컥했다. 네가 지금
단단히 착각하고 있다면서 소리지르고 싶었지만, 그냥 정재준이
착각한 채로 떠나가게 두었다. 그게 덜 비참해지는 길일 수도 있
었으니까.

정재준은 확실히 쌀먹을 오해하고 있었다. 쌀먹은 아무리 레벨이 높고 게임을 잘해봤자 쌀먹이다. 위상 같은 게 있을 리가 없다. 게임 머니 팔아서 돈을 번다는 건 현실에서만 아니라 게임 속에서도 쪽팔리는 일이었다. 게임 유저끼리 평범하게 채팅하다가도 상대방이 쌀먹이란 걸 알면 태도가 달라진다. 쌀먹은 길드*에 끼워주지도 않았다. 쌀먹은 게이머가 아니니까. 목적을 갖고 서울역을 오가는 사람들과 서울역에서 구걸하는 거지들이 섞일 수는 없는 법이 아닌가. 일반 게이머들로서는 쌀먹을 업신여길 수밖에 없었다.

김남우도 유저들과의 소통이 그리워서 쌀먹인 걸 숨긴 적이 있었다. 그러다 어느 날 같은 길드원에게 정체를 들켜버렸는데, 정말 온몸이 화끈거릴 정도로 창피했다. 바로 길드를 탈퇴했는데 누구 하나 붙잡지 않았다. 그날의 일이 얼마나 수치스러운 기억으로 남았는지 모른다. 평소 형 동생 하며 지내던 길드원들을 모조리 먼저 차단할 수밖에 없었다. 그들은 캐릭터 너머의 사람을 상상했을 것 아닌가. 가난한 백수가 골방에 틀어박혀 하루종일 게임만 하는 쌀먹 그 자체의 모습을 말이다.

그러니까 쌀먹은 현실이든 게임이든 어디서나 무시당하는 쓰레기 같은 존재였다. 그런데 뭐? 내가 부럽다고? 김남우는 생각할수록 정재준에게 화가 났다. 시간이 지나도 가슴에 불꽃이 얹힌 것

---

* 온라인 게임 유저들끼리 만드는 친목 모임.

처럼 속이 끓고 갑갑했다. 다음날 그는 정재준에게 연락해서 쌍욕을 퍼부었다.

"이 씨발 새끼야! 네가 뭘 알고 내가 부러워 씨발!"

"갑자기 뭐야, 인마?"

"네가 그렇게 잘났어? 왜 갑자기 찾아와서 지랄하고 가냐고!"

"뭐? 내가 무슨 지랄을 하고 가? 너 술 안 깼냐?"

"이 개새끼!"

김남우는 이성을 잃고 모든 욕과 저주의 말을 퍼부었고, 정재준도 계속 참지는 않았다. 고성과 욕설, 인신공격이 오가던 싸움은 끝내 절교로 마무리되었다. 전화를 끊고도 화가 풀리지 않아 씩씩대던 김남우는 얼마 뒤 울린 휴대폰 액정 화면에 뜬 이름을 보자 온몸의 핏기가 가시고 말았다. 그의 부모님이었다.

*

"남우야! 너 게임 회사 다니는 거 아니었냐? 너 진짜 집에서 놀고 있는 거냐?"

정재준이 모든 걸 일러바친 거다.

"재준이 녀석이 그러던데, 너 맞아? 진짜냐?"

김남우는 정재준을 죽여버리고 싶었지만, 사실은 언젠가 일어날 일이 닥쳐온 것에 불과했다. 부모님은 전화로 아주 통곡을 했다.

"아이고! 이 미친놈아! 집구석에 틀어박혀 게임해서 먹고산다고? 네가 미쳤구나 미쳤어! 너 당장 내려와! 내려와서 좀 설명해봐 이놈아!"

김남우는 휴대폰 전원을 꺼버린 채, 모든 것을 회피했다. 너무나도 짧은 기간에 모든 것이 부서져버렸다. 사랑도, 우정도, 가족도 모조리 다 망가져버렸다. 이런 상황에서 미치지 않는 것이 비정상일지도 몰랐다. 그 와중에 환장할 소식도 터졌다.

이번 게임에 새롭게 도입된 '안전 거래 시스템'은 유저 간 불법 현금 거래를 철저히 차단하기 위한 목적으로 만들어졌습니다. 유저 간 직접적인 거래는 불가능하며, 필요할 경우 게임사의 중간 심사를 통해 거래할 수 있습니다.

유저 간 현금 거래를 막는다고? 심지어는 다른 게임사들도 그 시스템을 벤치마킹한다는 소문이 돌았는데, 쌀먹들에게는 그야말로 청천벽력 같은 소식이었다. 김남우도 소식을 접하자마자 쌍욕을 토했다. 그러고는 미친듯이 키보드를 두드렸다. 울분을 토할 대상을 찾아낸 거다. 김남우가 인터넷 커뮤니티에 올린 장문의 글은 쌀먹에 대한 대단한 변호였다.

유저 간 현금 거래가 왜 불법인데? 필요한 아이템에 대가를 지불하는 건 자본주의의 기본 원리다. 수요가 있으니까 공급이 있는 건 너무나도 당연한 시장의 논리가 아닌가? 왜 현금 거래 시장을 불법으로 규정짓고 때려잡으려고 하는지 모르겠네. 이건 게임사의 명백한 갑질이지. 유저를 개돼지로 보고 가르치려 드는 오만함이라고.

현금 거래가 불법이라면, 도대체 누가 피해자란 말이지? 파는 놈도 사는 놈도, 심지어 게임사도 이득을 보는 것이 현금 거래다. 아무런 생산성도 없는 데이터 쪼가리에 불과한 게임 속 아이템에 그나마 가치를 부여하는 게 뭐라고 생각하는 건데? 현금 시세다! 사람들이 게임 속 재화의 현금 시세를 인정해주기 때문에 그 게임에 쓰인 시간도 인정받을 수 있는 거라고. 만약 현금 거래가 사라진다면, 그 게임을 하는 유저들은 아무것도 아닌 데이터 쪼가리를 모으기 위해 시간을 갈아넣은 멍청이들이 된다고! 골목에서 빈병 하나 줍는 것만도 못한 생산성을 위해 수백수천 시간을 투자한 얼간이가 되는 거라고!

현금 거래는 절대 불법이 아니야. 판례도 있더만. 2010년 리니지 게임 머니 아덴을 되팔이한 사람에게 법원은 무죄를 선고했어. 국내법 어디에도 현금 거래를 금지하는 조항이 없다는 말이야. 현금 거래가 불법이라면 사람과 사람 사이의 모든 개인적인 거래가 불법이어야지. 산에서 캔 고사리를 파는 사람과 게임에서 번 머니를 파는 사람에게 어떤 차이가 있는데? 결국 현금 거래가 불법이라는 건 단지 게임사가 약관에 집어넣은 주장일 뿐이라고. 정상적인 게임사라면 현금 거래를 막을 리가 없다. 게임 아이템의 현금 시세는 현재 그 게임의 가치가 어느 정도인지를 알려주는 척도라고. 유저 없는 좆망겜은 현금 시세 자체가 형성이 안 돼. 게임사들은 오히려 자사 게임에서 현금 거래가 일어난다는 사실에 감사해야 한다.

그래, 맞네. 씨발, 게임사들은 쌀먹충에게 고마워해야지. 쌀먹들은 게임사가 해야 할 일을 무보수로 대신 해주는 하청업체나 다름없다고!

그런데도 이런 '안전 거래 시스템' 따위를 도입하겠다니 도무지 이해할 수가 없네, 씨발. 현금 거래가 활성화될수록 게임사가 더 많은 유저를 유치할 수 있다는 건 상식이잖아! 현금 거래에 돈을 쓰는 구매층이 늘어날수록 게임 매출도 같이 오를 거 아니냐고! 그런데 왜 이렇게 괴롭혀? 니들이 파는 걸 우리도 파는 게 아니잖아! 니들이 파는 게 더 잘 팔리도록 기름칠하는 게 쌀먹이라고! 월급 주고 부탁해도 모자랄 판국에, 왜 이렇게 못 잡아먹어서 안달이냐고 씨발!

뭐 '건전한 게임 환경 조성'을 위해서? 놀고 있네. 결국 돈이지? 게임사가 나도 아는 걸 모르는 똘추일 리도 없고, 서울대 나온 똑똑한 놈들이 뭉쳐서 얼마나 회의를 했겠어? 안전 거래고 뭐고, 그냥 새로운 비즈니스 모델을 찾은 거지. 딱 봐라. 이거 출시되면 분명 유저 간 개인 거래에 수수료니, 검사료니 하면서 이상한 거 엄청 팔아먹는다 또. 사실상 유저 간 개인 거래도 돈 받고 허용해주겠다는 거잖아 지금. 너무 뻔해서 화도 안 난다 씨발 진짜.

이 글은 크게 화제가 되면서 온갖 인터넷 커뮤니티를 떠돌았다.

사람들은 두 가지 측면에서 흥미를 느꼈다. '쌀먹'이라는 일의 세부와 '대기업 때리기'에서 오는 쾌감이었다. 그 성원에 힘입어 김남우가 한번 더 게시물을 올렸고, 쌀먹의 고충이 가득 담긴 그 글의 마지막 문장이 그만 밈처럼 터져버렸다.

쌀먹도 직업이라고 인정해줘 씨발!

김남우가 처절하게 남긴 문장을 사람들은 웃음거리로 소비했다. 유튜버들이 애드리브로 쓰기도 하고, 이 말을 변형시킨 패러디 밈도 돌아다녔다.

캐시워크도 직업이라고 인정해줘 씨발!
네이버페이 포인트 쌓기도 직업이라고 인정해줘 씨발!
지우개 똥 모으기도 직업이라고 인정해줘 씨발!

웃음거리가 된 쌀먹 밈을 보며 김남우는 비참해졌다. 대중적으로 쌀먹이 어떤 이미지인지 다시 한번 깨달았다. 사람들이 얼마나 깔보는 일을 하고 있는지를 말이다. 그렇지만 밈이 대박 나면서 좋은 일도 있었다. 그의 목적대로 게임사도 욕을 많이 먹게 되었던 거다.

쌀먹충 말이 틀린 건 아니지. 원래도 쌀먹충 잡을 수 있었는데 일부러 안 잡았잖아. 게임 매출에 도움 되니까. 이제 와서 저러는 거 보면 진짜 또 지겨운 한국형 BM 들고 오겠네.

이런 욕을 의식해서일까? 아니면 밈에 올라타 화제성을 가져가려는 셈이었을까? 게임사는 이례적으로 여론에 반응했다. 배경에 '쌀먹도 직업이라고 인정해줘 씨발!'이란 문구를 (비속어는 모자이크 처리해) 깔아둔 공식 발표의 내용은 놀라웠다.

당사는 항상 상생을 추구합니다. 사회가 쌀먹을 직업으로 인정하지 않는다면 저희가 직업으로 인정하겠습니다! 정식 직업이 된 쌀먹의 모습을 보고 싶다면 신작 게임 〈보그나르〉 출시일을 기대해주시길!

사람들은 웬일로 게임사가 밈을 잘 받았다고 좋게 평가했다. 쌀먹이 정식 직업이 된다니? 그 모습은 분명 볼만한 구경거리였다. 온갖 재치 있는 댓글이 난무했다.

─속보! 전국 쌀먹들 입사 면접 준비로 이발소행
─일 년 뒤: 판교 마트에 쌀이 동났습니다.
─정식 직업의 뜻: 월급은 버는 만큼 능력제입니다. 본봉은? 명함값 마이너스 오만원

―드디어 쌀먹도 직업이 됐다. 이제 놀먹의 차례다. 국가는 놀고먹는 것도 직업으로 인정하라!

이때까지만 해도 농담 같았지만, 게임사의 구체적인 발표가 이어지자 점점 진지해졌다.

신설 부서 쌀먹팀의 사무실 인증샷을 공개합니다. 직업 특성상 최첨단 사양의 컴퓨터가 인당 네 대씩 지급됩니다.

사람들은 '이게 진짜라고?' 하고 놀라며 사태를 즐겼다. 그중에 김남우의 심장을 뛰게 만든 댓글이 있었다.

딴건 몰라도 그 밈 만든 쌀먹충은 진짜 거기 취직하겠는데? 내가 마케팅 담당자라면 무조건 진행하지. 광고효과 장난 아닐걸.

사람들의 '좋아요' 수가 엄청나게 몰린 그 댓글은 김남우를 꿈꾸게 했다. 내가 정말로 판교 게임 회사의 직원이 될 수 있다고? 설마 아닐 거란 생각을 하면서도 설마 맞을 것만 같았다. 게임사는 이번에 정식 출시하는 게임에서 쌀먹을 정식 직업으로 인정하겠다고 약속하지 않았던가? 현재 인터넷에서 가장 유명한 쌀먹은 자신이 아닌가? 아무리 생각해도 이건 그냥 설레발로 끝날 일이 아닌 듯했다. 그래서 김남우는 부모님의 연락이 왔을 때 자기도 모르게 그런 말을 해버렸다.

"정말 죄송해서 할말이 없어요. 근데 15일까지만 조금 기다려 봐요."

자세히 설명하지는 않았지만, 그래도 뭔가가 있다는 뉘앙스를 한껏 풍겼던 거다. 어느새 김남우는 판교 게임 회사에 취직한 이후의 삶을 상상하기 시작했다. 매일 전화해 곡하는 부모님께 그래도 면목을 세울 수 있지 않을까? 이번엔 진짜라고 당당히 말할 수 있지 않겠는가. 명절에도 도망치듯 떠날 필요가 없겠지. 그간의 거짓말이 조금 창피할지언정 어쨌든 사실이 되어버렸으니까. 정재준에게도 먼저 사과할 수 있을 것 같았다. 그래도 날 생각해주는 건 녀석밖에 없으니까. 그리고 혹시 어쩌면, 송서선에게 다시 연락해보는 것도 괜찮을지도.

시간이 지날수록 김남우는 그 자리를 자신의 자리로, 반쯤 당첨된 로또로 여겼다. 그는 일부러 인터넷 활동을 활발히 하면서 밈의 당사자가 자신임을 드러냈다. 어느 정도 유명인이 된 그였기에 사람들의 반응을 얻어내는 건 쉬웠다. 김남우는 인터넷상에서 쌀먹충의 아이콘이 되어버린 거다. 그런 그가 역사상 최초의 쌀먹 정직원이 되는 것은 기정사실처럼 여겨졌다.

이윽고 도래한 그날, 김남우는 떨리는 마음으로 게임 출시를 맞이했다. 게임사는 약속한 대로 쌀먹 이슈를 발표했다. 결코 어길 수가 없는 일이었다. 그동안 쌀먹충을 정식 직원으로 뽑겠다는 말로 얼마나 큰 광고효과를 봐왔던가? 현재 신작 게임 〈보그나르〉를 모르는 사람은 아무도 없었다. 이제 와서 허튼 장난으로 넘길 수 있을 리가 없었다. 그게 상식적인 여론이었고, 김남우가 기대하는 구석이었다.

한 손에 커피를 들고, 사원증을 목에 걸고 판교로 출근하는 쌀먹. 동료 사원들에게 인사하며 복도를 지나, 사무실에 도착. 자리에 앉은 쌀먹은 말한다. "자 오늘도 열심히 일해볼까?" 사냥터에서 사냥을 시작하는 쌀먹팀 직원들.

홈페이지를 열자 웹툰 형태로 만들어진 팝업이 뜬 뒤, 공식 공지가 나타났다. 전 세계 게임사 최초 쌀먹 정직원 시스템. 그 기쁜 소식을 접한 김남우의 표정은 딱딱하게 굳어버렸다. 이미 쌀먹 정직원들이 다 뽑혀 있었기 때문이다. 게임사는 신규 직원을 고용하는 게 아니라, 기존 직원들을 쌀먹팀으로 돌리는 방식을 선택했던 거다. 그 소식을 접한 사람들은 하나같이 어이없어했다.

아니, 그 똑똑한 엘리트 직원들을 데려다 고작 쌀먹이나 시킨다고?

하지만 실상을 들여다보면, 쌀먹 정직원들은 마케터에 가까웠다.

큰일이야! 게임이 너무 재밌어서 자꾸만 야근하게 돼!

　쌀먹팀 사람들은 실제 쌀먹으로 일하기보다 회사의 홍보용 쇼츠에 출연할 때가 더 많았다. 아직 게임사의 마케팅 전략을 이해하지 못한 사람들은 헛웃음만 터뜨렸다.

　"참 나, 이제는 쌀먹도 서울대 나와야 할 수 있는 세상이네."

　빼앗긴 가난에 이어 빼앗긴 쌀먹이라며 인터넷이 떠들썩할 때, 김남우는 모니터를 끄고 누워 눈을 감았다. 역시, 그럴 리가 없었다. 대기업이 쌀먹 따위를 고용하는 만화 같은 일, 소설 같은 일, 그런 일은 현실에 일어나지 않는다.

　김남우는 비로소 기다리던 대목을 맞았음에도 불구하고 게임에 접속조차 하지 않았다. 그는 오늘 또 실직했다. 그에게 하나 남은 쌀먹이라는 형편없는 직업마저 실직해버렸다.

올바른
크리스마스

서
수
진

○
서수진
2020년 한겨레문학상을 수상하며 작품활동을 시작했다. 소설집 『골드러시』, 장편소설 『코리안
티처』『다정한 이웃』, 중편소설 『유진과 데이브』『올리앤더』가 있다. 젊은작가상을 수상했다.

1

호주 시드니의 슈퍼마켓들은 크리스마스 시즌에 가장 바쁘다. 11월 중순부터 명절을 준비하려는 사람들로 매장이 붐빈다. 돼지 뒷다리를 통째로 가공한 대형 햄이나 호주의 전통 케이크인 파블로바용 베이스는 선반에 내놓기 무섭게 동이 난다. 보통 때는 하루에 열 박스씩 들여오는 크림과 커스터드도 이때는 오십 박스가 넘게 실리는 팰릿 단위로 들어온다.

근무시간도 늘어난다. 이제 삼 년 차 파트타이머로 주에 이십오 시간 일하던 주미는 11월 삼 주 차부터 파트타이머로서는 최대치인 삼십육 시간을 배정받았다. 슈퍼마켓 체인의 암묵적 규칙에 따라 매니저만 받는 풀타임과 큰 차이가 나지 않았다. 주미는 내년에 어시스턴트 매니저 승진을 노리고 있었기에 슈퍼마켓이 정신없이 돌아가는 이 시즌에 자신의 역량을 증명해야겠다고 다짐했다.

　11월 사 주 차 일요일, 주미는 쉬는 날이었지만 매니저 아니시의 전화에 달려나왔다. 빌리가 또 무단결근을 했다. 아니시는 Fxxx 같은 욕까지 써가며 제멋대로인 빌리를 욕했는데 주미는 그가 정작 빌리에게는 아무 말도 못 했으리라는 걸 알았다. 뭐, 빌리가 일을 째기를 기다리고 있던 터라 상관없는 일이었다.

　일요일은 시급이 평일의 1.5배였다. 형편없는 근태에도 뻔뻔하게 아니시를 따라다니며 일요일 근무를 달라고 괴롭히는 빌리가 정작 일요일이 되면 (아마도 전날의 과음으로 인해) 갖은 핑계를 대며 나오지 않는 걸 여러 번 경험했기에 주미는 아침부터 대기중이었다.

　"자를 수도 없고."

　아니시의 불평에 주미는 아무 대답도 하지 않으면서 혼자 고개를 끄덕였다. 매니저에게 오랜 기간 잘 보여야 딸 수 있는 일요일 근무를 몇 번이나 펑크 내고도 출신 배경을 무기로 붙어 있는 빌리가 못마땅한 건 주미도 마찬가지였다. 회사는 여러 사회단체를 후원하며 단체 소속 청년에게 직업훈련의 기회를 주고 우수 교육생을 채용해왔다. 그렇게 뽑혀 온 게 빌리였다. 그는 매장의 유일한 원주민이자 주미가 (말을 나눠본 건 말할 것도 없고) 근거리에서 본 첫번째 원주민이었다. 주미가 매니저가 되는 미래에는 못마땅해하는 데 그치지 않고 처분을 내릴 생각이었으므로 요주의 대상으로 지켜보았다.

버스에서 내리면서 워크앱을 연 주미는 슈퍼마켓이 입점해 있는 쇼핑센터에 들어서자마자 출근 체크를 했다. 슈퍼마켓에 들어가서는 매장 선반의 재고를 확인하는 척하며 매니저 아니시를 찾아 밝게 인사를 건넸다. GPS를 기반으로 출근 여부를 확인해주는 앱 덕분에 드넓은 매장을 헤매며 매니저를 찾아 인사할 필요가 없었지만 굳이 그렇게 했다. 아니시는 주미가 자신을 살렸다며 엄지손가락을 치켜세웠다. 그리고 직원 유니폼이 바뀐다는 얘기를 전해주었다.

"그래? 좋은 소식이네."

주미는 짜증이 났지만 웃어 보였다.

호주 점유율 1위인 대형 슈퍼마켓 체인 회사는 유니폼을 무상 제공하지 않고 직원이 구매하도록 했다. 자그마치 이십칠 불이나 하는 반팔 티셔츠를. (검은색 소매 끝에 슈퍼마켓 체인을 상징하는 형광핑크색 띠가 둘려 있고 가슴팍에는 슈퍼마켓 로고가 같은 색으로 새겨져 있어서 일할 때를 제외하고는 어디서도 입을 수 없는 옷이었다.)

새로운 유니폼이 출시된다는 건 다시 옷을 사야 한다는 뜻이었다. 물가가 올랐으니 유니폼값도 오를 것이고, 하복인 반팔과 동복인 긴팔 티셔츠, 델리 코너에서 일할 때 필요한 모자와 앞치마까지 다시 사려면 모두 얼마일지 생각만 해도 울화가 치밀었다.

"새 유니폼 모델이 필요하다네."

매니저는 주미가 선발됐다며 다시 엄지를 치켜세웠다.

"회사 뉴스레터랑 홈페이지에 올라갈 거야. 잘 나오면 점포에 포스터가 붙을 수도 있고."

주미는 (이번에는 진심으로) 웃었다. 눈을 크게 뜨고 진짜냐고 재차 확인했다. 주미의 높아진 목소리에 어시스턴트 매니저 인드라니가 다가와 무슨 일이냐고 물었다. 아니시의 설명에 인드라니는 입을 삐죽거렸다. 매니저 바로 아래 직급인 어시스턴트 매니저 입장에서는 평직원이 모델로 뽑힌 일이 달갑지 않을 만도 했다.

"너는 예쁘니까."

인드라니가 비아냥거리는 말투로 내뱉고는 자리를 떴다.

"그게 사실이지."

아니시는 그렇게 말하고 쾌활하게 웃었다.

한국에서는 들어보지 못한 말이었다. 예쁜 사람과 그렇지 않은 사람을 나누면 주저 없이 후자에 속할 외모였다. 주미는 피부가 까무잡잡하고, 쌍꺼풀이 없는 작은 눈에, 볼이 통통했다. 교과서에 조선 후기 여성의 흑백사진이 나올 때면 "주미다!"라며 반 친구들이 웃었다. 속일 수 없는 조선의 핏줄이었다.

주미가 호주로 워킹 홀리데이를 간다는 소식을 전하며 "나 같은 얼굴이 외국에서 잘 먹히는 거 알지"라고 농담을 했을 때 친구들은 떨떠름한 표정을 지었다.

"요즘 케이팝 아이돌 인기 많은 거 보면 한국에서 예쁜 얼굴이 외국에서도 예쁜 거 같지 않아?"

빈정이 상한 주미가 나도 안다며 그냥 해본 말이라고 하니까 친구는 네 얘기 아닌데 왜 화를 내냐며 도리어 머쓱해했다. 다른 친구들이 불퉁한 주미의 눈치를 보며 달랬다.

"그래, 주미가 외국 가면 날릴 수도 있어."

"할리우드에 아시아계 배우들 다 못생겼잖아. 주미도 호주 가면 배우급 되는 거야."

친구들은 아시아계 미국 배우들 사진을 앞다투어 검색하면서 주미와 닮았다고 낄낄댔다. 주미가 그만하라고 짜증내자 친구들은 그제야 휴대폰을 내렸다.

"그런데 그 실험 봤어? 아기들도 예쁜 얼굴 보면 방긋방긋 웃는 거. 서양 얼굴이든 동양 얼굴이든 중요하지 않고, 그냥 예쁜 얼굴에 반응해. 이런 거 보면 미에 절대적이고 보편적인 기준이 있다는 게 맞아."

"그래, 내 말이 그거야. 한국에서 예쁜 애들이 외국에서도 예쁘다니까?"

"야!"

주미는 더 참지 못하고 소리를 냅다 질렀다. 깜짝이야, 하며 놀라는 친구들을 두고 주미는 자리를 박차고 나왔다. 술을 깨려고 뛰었는데, 뛸수록 취기가 올라와 결국 엉엉 울었다.

"두고 봐라. 내가 얼마나 잘 먹고 잘사는지."

죽죽 흘러내리는 눈물을 훔치면서 주미는 맥락이 맞지 않는 다짐을 했다.

결론부터 말하면 친구들이 틀렸고, 주미가 맞았다. 주미의 얼굴은 호주에서 먹혔다.

펍에서 술을 마실 때나 식당에서 음식을 주문할 때, 하다못해 길을 걸을 때도 예쁘다는 소리를 들었다. 특히 타고난 구릿빛 피부는 여자들에게서 부러움과 시기를, 남자들에게서 감탄과 플러팅을 자아냈다. 처음에는 이런 반응들이 인종차별의 일종인가, 물정 모르는 외국인을 돌려 까는 건가 의심하기도 했지만 매일 반복되니 인정하게 되었다.

나 진짜 외국에서 먹히는 얼굴이구나.

호주에서는 이력서에 사진을 넣지 않는 것이 아쉬울 지경이었다. 다행히 카페나 바에는 종이 이력서를 들고 직접 찾아갈 수 있었고, 그렇게 바닷가 근처의 힙한 카페와 시내의 지하 바에 아르바이트 자리를 구했다. 하나같이 젊고 싱그러운 직원들을 보며 자신도 그렇게 보인다는 걸 알 수 있었다.

같은 바텐더 보조로 일하는 남자와 연애도 시작했다. 키가 작고 몸이 왜소해서 호주에서 인기를 끄는 외모는 아니었는데 근거리에서 옆얼굴을 찍으면 미국 잡지(그게 어떤 잡지인지는 확실하지 않지만) 모델 분위기가 났다. 굵게 곱슬진 금발에 높은 콧날, 쌍꺼풀이 진하고 우묵한 눈두덩에 파란 눈동자. 사실 백인의 일반적 특징에 불과했지만 한국인 친구들에게서는 폭발적인 반응이 나왔다.

인스타에 올린 사진을 보고 친구들은 합성이다, 인터넷 가상 남친이다, 길 가던 행인 멱살 잡고 찍었다 운운하며 여전히 기를 쓰고 주미를 깎아내리려고 했다. 다만 이제는 그런 말들이 주미를 상처 입히지도 화나게 하지도 않았다.

"이것들아, 내가 두고 보랬지."

주미는 혼자 베개를 팡팡 치며 웃었다. 이런 걸 진정한 승자라고 하던가.

2

퇴근 후에 주미는 남자친구 애런이 일하는 바로 향했다.

칠 년 전 주미와 처음 만난 바에서 애런은 아직도 바텐더 보조로 일했다. 그의 직함은 바백이었다. 빈 잔을 치우고, 시럽 통을 채우고, 칵테일에 올릴 가니시를 준비하는 단순하고 자질구레한 업무를 하는 직원.

애런이 바백 자리를 지키는 동안 바의 매니저는 다섯 차례 바뀌었고, 스쳐간 바텐더나 바백은 셀 수 없었다. 오래 일한 만큼 매니저보다 바가 돌아가는 상황을 잘 꿰고 있어서 애런은 말단인데도 오묘하게 존중받았다. 애런이 일하는 날이면 주미는 사나흘에 한 번꼴로 찾아가 술을 마셨는데 손이 부족하면 전에 일한 경험을 살려 일어나서 도왔으므로 그녀 역시 오묘하게 존중받았다.

일요일 밤인데도 손님이 적지 않았고, 그중 몇몇은 주미가 아는 얼굴이었다. 바텐더가 칵테일에 불을 붙여주면서 손님들의 경탄을 얻어내는 사이 애런은 에스프레소 마티니를 만들었다. 그 외에도 모히토나 마르가리타, 롱아일랜드 아이스티처럼 비교적 제조하기 쉬운 칵테일은 바텐더에게 부탁하지 않고 애런이 직접 만들었다. 주말에 바가 손님으로 가득찰 때는 더 많은 종류를 만들었다.

"이 새끼 이거 못하는 척하는 거야."

애런이 일하는 칠 년간 유일하게 바뀌지 않은 사람, 사장이 테이블에 앉아 애런이 내온 에스프레소 마티니를 마시면서 투덜거렸다. 사장은 애런이 웬만한 바텐더보다 칵테일을 더 빨리, 더 잘 만든다고 믿었고(실제로 그랬다) 그에게 바텐더 일을 시키려 부단히 노력했지만 번번이 실패했다. 사장이 앱에 올리는 근무 시간표에 실수인 척 애런을 담당 바텐더로 올려놓았을 때 애런은 바로 문자를 보내 고쳐달라고 했다.

"바텐더만 하면 매니저 시켜준다니까?"

주미는 바에 앉아 둘의 대화를 들으며 고개를 저었다. 사장은 애런을 몰라도 너무 몰랐다. 바텐더를 안 하는 이유가 고작 불쇼 같은 걸 하기 싫어서라고 생각하나? 셰이커를 흔들어재끼는 게 부끄러워서라고? 애런은 바텐더를 하면 매니저를 시킨다는 사장의 말에 바텐더를 하지 않으려는 것이다.

매니저 하기 싫어서. 승진하기 싫고, 책임지기 싫고, 더 오랜 시간 일하기 싫어서.

"나 새 유니폼 모델로 뽑혔어. 이 주 후에 사진 찍는대."

주미가 바에 돌아온 애런에게 소식을 전했다. 애런은 반색하며 얼마를 받는 거냐고 물었다.

"새 유니폼을 준대."

자신의 대답이 궁색한 것 같아 주미는 얼른 덧붙였다.

"내가 지금 입고 있는 유니폼 이십칠 불 주고 산 거 알지? 새 유니폼은 더 비싸겠지. 사진은 반팔, 긴팔 다 입고 찍는다고 했으니까 그거 다 하면 꽤 될 거야. 앞치마랑 모자까지 주면 진짜 일당 나올 수도 있어."

"보수가 없는 거야? 그게 말이 돼?"

주미는 유니폼을 받으니 보수가 없는 게 아니라고 반박하려다가 말았다. 아니, 지금 돈이 중요한 게 아니잖아. 내가 슈퍼마켓 체인의 얼굴이 되는 거라니까? 전국구로 내 얼굴이 걸리는데 축하할 일에 왜 재를 뿌려? 여친이 잘나가는 게 배 아파서 그러는 거야?

주미는 화를 가라앉히고 화제를 돌렸다.

"아니시 매니저가 나를 추천했대. 아니시가 인도계라서 이런 일 있으면 같은 인도계 인드라니를 추천할 줄 알았거든? 인드라니가 어시스턴트 매니저 단 것도 아니시가 꽂아준 거 같다고 내가 그랬잖아. 근데 나를 추천한 거 보면 신기하지? 인드라니도 삐진 거 같더라. 이런 식이면 내년에 내가 먼저 매니저 달 수도 있겠어."

주미는 애런이 인드라니와 같은 반응을 보이길 원했다. 네가 예쁘니까. 아니시도, 인드라니도 인정한 그 단순한 진실을 애런도 알아주기를 바랐다. 너는 예쁘니까 모델이든 매니저든 다 할 수 있어. 그러나 애런은 전혀 다른 말을 했다.

"진짜 매니저 하려고?"

"응. 어시스턴트 매니저를 먼저 해야겠지만."

"매니저는 풀타임으로 일해야 된다며."

"그게 핵심이지. 매니저가 아니면 풀타임을 안 주니까."

"풀타임을 어떻게 하려고 그래? 지금도 맨날 피곤하다고 하잖아."

"매니저가 되면 다르지."

"맞아, 다르지. 풀타임에다가 오버타임도 해야 될 거야. 기본 근무시간 안에 끝내지 못하는 일을 줄 테니까."

"애런, 너랑 나는 관점이 달라."

"좋아. 그럼 네 관점에 대해 물어볼게. 매니저가 왜 그렇게 하고 싶은 건데?"

주미는 심호흡을 하고 애런과 수십 번은 반복한 대화를 다시 시작했다.

"나는 네가 매니저를 하고 싶어하지 않는 걸 알아. 너는 파트타임으로 조금만, 책임 없이 편하게 일하고 싶어하잖아. 뭐, 나라고 힘들게 많이 일하고 싶은 건 아냐. 다만 이렇게 계속 바닥에 있고 싶지 않아. 더 올라가고 싶어. 너처럼 올라간 자리에 부담을 느끼는 사람보다 그 위치를 누리는 사람이 더 많아. 우리 매니저 아니시만 해도 직원 관리한답시고 매장을 어슬렁거리기만 하고 하는 일도 없어. 그게 그 사람 직업이야. 선반 채우는 거 같은 잡다한 일은 안 해도 된다고. 하기 싫은 일, 귀찮은 일은 아래 애들 시키면 돼. 위로 더 올라가면 이제 어슬렁거릴 필요조차 없지. 편한 의자에 앉아 좋은 뷰 보면서 다른 사람들이 종종거리면서 만들어온 서류 슥 보고 사인만 하면 되니까. 그러면서 돈은 점점 더 많이 받아가고. 그게 계층이라는 거야."

주미는 자기 말에 스스로 설득되어 워크앱을 열었다. 피라미드처럼 이어진 조직도가 나왔다.

"자, 이거 봐봐."

팀 매니저 아니시 위쪽에 있는 화살표를 눌렀다. 주미를 포함한 팀 멤버들의 이름이 사라지고 아니시와 동급인 팀 매니저들이 일렬로 뜨더니 그 위로 매장 총괄 매니저 브랜든의 이름이 보였다. 다시 화살표를 누르니 이제는 매장 매니저들이 일렬로 늘어서고 그 위로 지역 매니저가 나왔다. 다시 화살표, 이번에는 존 매니저, 다시 위로, 주 매니저, 그 위로 디렉터, 그 위로……

"왜 거기까지 가? 나는 왜 매니저가 하고 싶냐고 물었어. 그게 다야."

애런이 짜증 섞인 말투로 주미의 말을 끊었다.

"지금까지 설명했잖아. 더 편하게 일하면서 더 많이 벌고 싶어서 그런다니까!"

주미가 소리치자 애런은 인상을 찌푸렸다.

"과연 더 편할까? 더 많이 일하니까 더 많이 버는 건데?"

"시급이 올라가는 건 왜 모르는 척해?"

"매니저가 되면 일요일에 일해도 1.5배 못 받는다며. 월급으로 받으니까. 그런 거 다 따지면 시급이 과연 높은 건지 생각해봐야 돼."

기억력은 귀신같이 좋은 새끼. 열받은 주미는 애런을 노려보며 벌컥벌컥 잔을 비우고 자리를 떴다. 한두 번이 아니었기에 당연히 애런은 잡지 않았다.

"두고 봐라."

귀가한 주미는 애런이 오기 전에 잠들기 위해 화이트와인을 병째로 마시며 이를 갈았다. 손님이 한꺼번에 빠져서 애런이 일찍 퇴근하고 있다는 사실은 알지 못한 채. (애런은 일이 일찍 끝난 만큼 급여가 줄었지만 일을 적게 해서 그저 행복한 마음으로 집으로 향하고 있었다.)

3

월요일은 오후 근무가 있는 날이다. 출근 시간보다 두 시간 일찍 쇼핑센터에 도착한 주미는 슈퍼마켓이 있는 일층을 지나쳐 이층으로 향했다.

쇼핑센터는 사층 건물로 지하 버스터미널과 연결되었다. 일층에는 여러 슈퍼마켓과 식료품점, 푸드코트가, 이층에는 의류점과 귀금속점, 화장품 편집숍이, 삼층에는 스포츠용품점과 전자제품 판매점, 잡화점이 있었다. 사층은 야외 식당가였다.

12월의 첫날, 쇼핑센터는 크리스마스 맞이를 하러 나온 사람들로 (땅은 한국의 일흔여덟 배에 달하면서 인구는 절반이라 어디를 가도 한산한 호주에서는 매우 드물게) 인산인해를 이룬다. 크리스마스를 대비하려면 한 달 내내 쇼핑을 해도 모자랄 지경이니 그럴 만도 하다.

우선 크리스마스 날 점심에 온 가족이 모여 먹을 음식을 사러 슈퍼마켓에 가야 한다. 여러 번에 걸쳐 치러지는 회사 크리스마스 파티(사내 공식 파티, 개별 팀 파티는 물론 배우자의 회사에서 열리는 파티 또한 참석이 권장된다)에 앞서 드레스업하기 위해 의류점과 귀금속점을 쓸어야 한다. 크리스마스트리며 장식은 또 어떤가. 지붕과 울타리에 색색 전등을 내걸고 산타와 루돌프 모형까지 세우는 이웃들로 인해 잡화점을 지나칠 수가 없다. 하이라이트는 크리스마스 선물이다. 생일 선물은 안 줘도 크리스마스 선물은 챙기는 호주 아닌가.

주미의 쇼핑 목록 역시 크게 다르지 않았다. 다음주로 예정된 매장 전 직원 크리스마스 파티에서 입을 칵테일 드레스와 그에 어울리는 구두 그리고 백을 사야 했다. 시간이 남으면 애런의 가족들(어머니, 아버지, 형, 형의 아내, 조카 둘)에게 줄 크리스마스 선물까지 살 계획이었다. 그러나 주미는 의류점도, 잡화점도 아닌 화장품 편집숍에 제일 먼저 들렀다. 휴대폰 화면이 꽉 차도록 메모해놓은 쇼핑 리스트는 무시한 채 찬란한 색조 화장품 사이를 유유히 걸었다.

"찾는 거 있어?"

태닝 스프레이가 벗어진 자국이 선명한 직원이 높은 톤으로 물었다.

"사내 모델을 하게 됐어."

준비하지 않은 말이 자연스레 흘러나왔다.

"와우!"

"촬영할 때 쓸 화장품을 고르는 중이야."

매니저는 일하는 모습 그대로 찍으면 된다고, 부담 가질 것 없다고 했지만 머리를 질끈 묶고 생얼로 촬영에 임할 수는 없었다.

"너의 골져스한 갈색 피부에는 골드가 딱이지."

주미는 아직 새로운 유니폼 디자인을 보지 못했지만 슈퍼마켓 체인의 상징인 형광핑크가 사용되리란 건 어렵지 않게 짐작할 수 있었다. 형광핑크와 골드는 어울리지 않을 것이다.

"한번 발라봐. 지금 사십 퍼센트 세일하고 있어."

직원은 펄이 들어간 금색 아이라이너와 금색 글리터 아이섀도를 동시에 건넸다. 주미가 슈퍼마켓 유니폼과는 전혀 어울리지 않을 파티용 금빛을 눈에 칠하는 동안 직원은 다른 선반에서 갈색 브론저와 '빛나는 아몬드'라는 이름이 붙은 갈색 립글로스를 가져왔다.

"와우, 여신이네."

얼굴이 금색과 갈색으로 범벅이 된 주미에게 길쭉하게 뻗어나온 뾰족한 인조 손톱을 휘두르며 직원은 호들갑을 떨었다. 주미는 반짝이가 붙은 인조 속눈썹을 포함해 직원이 권하는 화려한 색조의 화장품을 전부 바구니에 쓸어 담았다.

정작 사야 할 것들은 모두 미뤄두고 사층으로 올라가니 야외 식당가 한가운데에 거대한 트리가 설치되어 있었다. 수천 개의 장식이 한낮의 태양 아래서 반짝였다. 트리의 꼭대기를 올려다보던 주미의 시선이 파란 하늘에 닿았다. 구름이 단 한 점도 없는 파란 하늘. 오존층에 구멍이 났다는 괴담이 돌 정도로 해가 뜨거운 호주의 하늘.

주미는 카페에서 주문한 아이스 롱블랙을 들고 야외 테이블에 앉아 양손 가득 쇼핑백을 들고 올라왔다가 트리를 발견하고 멈춰 서는 사람들을 구경했다. 쇼핑백을 내려놓고 트리를 배경으로 사진을 찍는 사람들. 민소매 티셔츠와 반바지를 입고 산타의 눈썰매 장식을 살펴보는 사람들. 트리 옆 스피커에서 흘러나오는 크리스마스캐럴을 흥얼거리며 몸을 들썩이는 사람들.

주미도 몸을 돌려서 크리스마스트리를 배경으로 셀카를 찍어 인스타 스토리에 올렸다. 사진 속 주미는 어깨끈이 없는 검은색 톱을 입고 선글라스를 낀 채 햇빛을 가득 받고 있었다. 캡션은 '한여름의 크리스마스'.

주미는 호주가 좋았다. 거의 언제나 파란 하늘도 좋고, 해가 뜨거워도 건조해서 무덥지 않은 긴 여름도 좋았다. 더울 때 헐벗고 다닐 수 있는 것도 좋았다. 톱 아래에 입은 짧은 요가 팬츠는 한국에서는 상상도 못할 옷이었다.

호주 사람들이 예쁘다, 예쁘다 하는 방향으로 자리잡은 자신의 스타일도 마음에 들었다. 원래도 검었지만 더 검게 태운 피부, 양쪽으로 땋아 내린 긴 머리, 팔을 가득 채운 문신, 수영복과 다를 바 없는 상의에 짧은 반바지. 양쪽 합쳐 열세 개의 귀걸이, 그에 더해 목걸이 네 개와 팔찌 일곱 개를 주렁주렁 차고 다니면 자유롭고 특별한 존재가 된 것 같았다.

무엇보다 호주의 대기업 슈퍼마켓 체인에서 호주 사람들과 일하는 것이 좋았다. 호주의 한인 이민자 중에는 한인 업체에서 일하고 한인 교회를 다니면서 교민 사회를 벗어나지 못하는 사람이 많았다. 그들은 호주까지 이민 와서도 한국에서보다 더 한국적으로 살았다. 주미는 그들과 달랐다. 한국인이 자기뿐인 매장에서 일하며 '진짜' 호주다운 사회생활을 한다는 데 자부심을 느꼈다.

'진짜 호주'에서는 상사건 선배건 심지어 백팔십 명의 직원을 관리하는 매장 총괄 매니저에게도 '너'라고 부르며 반말을 한다. '매니저님'이라는 호칭도 없다. 팀 매니저는 아니시이고, 매장 매니저는 브랜든이다.

안녕, 아니시.

안녕, 브랜든.

어, 그래. 브랜든 너도 좋은 주말 보내.

주미는 직장에서 인간 대 인간으로 존중받는다고 느꼈다. 언어뿐만이 아니라 시급으로도 주미는 충분히 존중받았다. 지금은 근무시간이 적어 방값을 내고 나면 남는 돈이 없지만 팀 매니저가 되면 연봉이 팔만 불에 육박한다. 거기다 사 주 유급휴가와 보너스까지 받는다. 회사가 안정적인 대기업이니 모기지 대출을 받기도 쉬울 테고, 그럼 하늘이 파란 호주에서 초록 잔디가 자라는 집을 살 수 있다. 세상에, 이토록 찬란한 미래라니.

주미는 휴대폰을 높이 들어 크리스마스트리 꼭대기에 달린 별을 찍었다. 파란 하늘을 배경으로 노란 플라스틱 별이 반짝 빛났다.

4

출근 체크를 하기 위해 워크앱을 켰다가 의외의 공고를 접했다. 어시스턴트 매니저 채용 공고였다. 그것도 주미의 매장, 주미가 속한 냉장식품팀이었다.

어시스턴트 매니저 인드라니에게 모르는 척 말을 걸었더니 대번에 그만둔다는 소식을 전했다.

"사직서 냈어. 공고도 올라갔을걸?"

주미는 깜짝 놀라는 척을 하며 왜 그만두냐고 물었다.

"다른 슈퍼마켓 팀 매니저로 가는 거야. 여기는 미래가 없어. 너도 빨리 그만둬."

(이번에는 진심으로) 놀란 주미가 다시 이유를 물었다. 그들의 체인은 다른 슈퍼마켓에 비해 근무 환경이나 대우가 좋다고 알려져 있었다.

"코로나 이후로 매니저들 승진을 안 시켜. 다 새로 뽑아. 싸게 때우려는 거지. 썩었어."

코로나 이후에 일하기 시작한 주미로서는 알 방도가 없던 변화였다. 그저 매니저 채용 공고가 많이 나기에 승진의 기회가 충분하다고 여겼을 뿐이었다. (매니저가 필요할 때 내부에서 승진을 시키더라도 외부 공고를 먼저 내야 하는 건 호주의 모든 대기업에 적용되는 정책이었다.) 주미가 일을 시작하던 때부터 어시스턴트 매니저인 인드라니가 아직까지 그 자리에 머물고 있는 게 팀 매니저나 매장 총괄 매니저 자리가 나지 않아서는 아니라는 거다. 매니저 채용 기회가 인드라니처럼 오래 일해온 사람이 아닌 외부인에게 돌아간 사실에 대해 회사 탓을 하는 게 정당할까? 어쩌면 인드라니는 자기 역량이 부족해 승진에 실패해놓고 그 이유를 회사의 부도덕함으로 몰아가려는 거 아닐까?

인드라니의 불평에 영혼 없이 끄덕거리던 중 다행히 무전이 와서 자리를 피할 수 있었다. 이제 인드라니는 더이상 주미가 신경쓰고 기분을 맞춰야 할 대상이 아니었다.

매니저 아니시의 요구에 따라 주미는 과일·채소팀을 돕기 위해 식재료를 소분하는 프렙룸으로 향했다. 날이 삼십 센티미터는 될 법한 칼로 수박을 자르는 동안 계속 마음이 둥실둥실 떠올랐다.

어시스턴트 매니저는 매니저를 돕는 역할이다. 빌리가 펑크를 내면 매니저가 누구에게 도움을 요청하는가? 주미다. 과일·채소팀에서 인력이 부족하다고 매니저에게 무전을 쳐오면 그가 누구에게 수박을 잘라달라고 하는가? 주미다. 이미 주미는 매니저를 물심양면으로 돕는 어시스턴트 매니저 역할을 하고 있다.

아니시가 유니폼 모델로 인드라니가 아닌 주미를 추천한 건 그를 보좌할 이인자, 어시스턴트 매니저 자리가 바뀐다는 암시 아니었을까? 슈퍼마켓의 새로운 유니폼에는 새로운 매니저의 얼굴이

제격일 테니 말이다.

마음이 들떠서 칼을 휘두르다 손이 미끄러져 빨간 과즙이 묻은 칼날이 손끝을 스쳤다. 주미가 외마디 비명을 지르는 동시에 밖이 소란스러워졌다. 아니시와 인드라니의 목소리였다. 손가락을 빨면서 프렙룸 밖으로 나간 주미는 직원 휴게실로 쓰이는 런치룸 문이 닫히는 것을 보았다. 따라 들어가보니 아니시와 인드라니가 심각한 얼굴로 대화중이었다.

"병원에는 도착했다는데 의사를 봤는지는 모르겠네. 같이 간 케이트가 연락이 안 돼."

"아직 대기중이겠지. 나도 문자 남겨놨어. 어차피 오늘은 늦어서 응급처치만 할 거야. 내일 오전에 수술 날짜를 잡을 거고."

"수술이 바로 잡혀야 되는데…… 코로나 때는 병원 인력이 없어서 응급 수술도 며칠씩 대기하고 그랬는데 요즘은 괜찮겠지?"

둘 쪽으로 몸을 기울여 듣다가 주미는 베인 손을 앞치마 주머니에 넣으면서 누가 다쳤냐고 물었다.

"빌리."

아니시는 무전을 받으며 휴게실을 나갔고, 인드라니가 그를 따라 나갔다. 둘이 나간 후에 주미는 앞치마 주머니에서 손을 뺐다. 작은 상처였지만 피가 흥건했고, 주머니도 젖어 있었다. 로커룸에서 앞치마를 벗고 밴드를 찾아 붙인 주미는 프렙룸으로 돌아갔다.

수박 스무 통을 마저 자르고 랩으로 싸고 바코드를 붙였다. 수박을 카트에 실어서 밖으로 나왔을 때 마주친 인드라니에게서 자세한 내용을 들을 수 있었다. 빌리는 전동 지게차로 팰릿을 하역하다가 손가락이 꼈다고 했다. 하역은 원래 아니시의 일이었다. 매니저의 역할이라기보다는 팀에서 전동 지게차를 다룰 줄 아는 사람이 아니시뿐이었기 때문이다. 크리스마스가 다가오며 물량이 몇 배로 늘어나니 혼자서는 힘들다고 하소연하던 아니시가 빌리를 가르치려다 그런 사고가 난 거였다.

"아니시가 불안해하는 것도 이해가 되지. 빌리가 고소라도 해봐."

"설마."

"미숙련 상태에서 위험한 일이 맡겨졌다고 주장할 수 있지."

"슈퍼마켓에서 물건 내리는 일이 뭐가 위험해? 그러면 수박 자르는 일은 어떻고."

"너는 안 다쳤잖아."

주미는 자신도 다쳤다고 손가락을 꺼내 보이지 않았다. 빌리처럼 미숙하고 일을 잘 못하는 직원으로 비쳐서는 안 되었다.

"그러니까. 나도 위험한 일을 하고 빌리도 위험한 일을 하는데 나는 안 다치고 빌리는 다쳤잖아. 빌리가 진짜 고소하면 걔가 허구한 날 일을 빠져서 일을 익히지 못한 거라고 내가 법정에서 증언할게."

인드라니는 쾌활하게 웃었다. 주미는 아니시를 만나서도 같은 농담을 해야겠다고 생각했다. 농담이 아니라 진심이기도 했고.

빌리는 트러블메이커다. 빌리가 빠지는 바람에 기존 근무 시간표보다 세 시간을 더 일하고 열시에 퇴근하면서 주미는 피로의 책임을 모두 그에게 돌렸다. 어제는 무단결근을 하더니 오늘은 사고를 내다니. 한국이었으면 진작에 잘렸을 텐데. "자를 수도 없고"라고 한탄하며 빌리를 욕하던 아니시가 이해되고 측은했다.

빌리를 자를 수 없다면 근무시간이라도 안 주면 될 텐데 그러지 못하는(도리어 모두가 탐내는 일요일 근무까지 격주로 안겨주는) 이유를 아니시가 꼭 집어 말하지는 않았지만 빌리가 채용된 배경에 있을 것으로 쉽게 짐작할 수 있었다. 회사가 대대적으로 홍보하는 사회 공헌 정책의 산증인인 빌리를 자를 수는 없겠지. 게다가 작년에는 헌법에 원주민을 최초의 국민으로 명시해야 한다는 개헌 국민투표가 (부결되기는 했지만) 이루어질 정도로 원주민의 빼앗긴 권리를 되찾기 위한 국가적 논의가 활발한 때에 매장의 유일한 원주민을 해고하는 건 있을 수 없는 일이다.

하지만 그 피해를 왜 주미가 받아야 하는지? 주미가 원주민에게 뭘 했다고? 영국인들이 원주민에게서 나라를 약탈한 원죄를 갚는 일에 선량한 이민자가 희생되는 것 아닌가? 아니, 애초에 박해받은 인종이기에 근무 태도가 불량해도 해고할 수 없다는 건 인종 역차별 아닌가? 주미는 때때로 불만을 가졌지만 입 밖으로 내지 않았다. 그런 걸 떠들었다가는 빌리보다 자신이 먼저 잘릴 게 틀림없었다.

차라리 빌리가 회사에 소송을 걸었으면.

화장품이 가득 담긴 쇼핑백을 들고 버스에 탄 주미의 결론은 그리로 향했다. 빌리가 회사를 상대로 싸우면서 매장에서 자취를 감추는 게 가장 좋은 결말이었다. 주미는 간절하게 기도하는 마음으로 눈을 감고 버스 창문에 머리를 기댔다. 평소에 빌리와 친분을 쌓아놨으면 메시지를 보낼 수 있을 텐데. 억울하겠다고, 말이 슈퍼마켓이지 대기업 아니냐고, 어떻게 이런 일이 있을 수 있냐고 부추길 수 있을 텐데 아쉽기만 했다.

5

새 유니폼 사진을 찍으러 매장에 온 사진사는 주미를 보자마자 화장이 너무 진하니 지우는 게 좋겠다고 했다.

"머리도 깔끔하게 묶으면 좋을 것 같네. 내가 받은 사진에서는 양쪽으로 머리를 땋고 있던데, 그렇게 하면 어때?"

사진사는 커다란 카메라를 무기처럼 휘두르며 빠르게 말했다.

"채소 코너에서 찍을 거야. 프레시한 느낌을 주려고."

평소보다 두 시간이나 일찍 일어나 머리와 화장을 한 주미로서는 당혹감을 넘어 모욕감까지 들었다.

슈퍼마켓에서 일하면 구불구불한 머리를 늘어뜨리면 안 되는 거야? 채소에 얼굴을 비비는 것도 아니고 눈두덩이에 펄 좀 바른 게 도대체 무슨 상관이 있다고?

안에서 끓어오르는 말들을 모두 삼키고 주미는 손거울을 꺼내 인조 속눈썹을 떼고 물티슈로 얼굴을 슥슥 문질렀다. 공들여 바른 블러셔 아래 호주의 강한 해로 인해 생겨난 기미가 드러났고, '빛나는 아몬드' 립글로스 아래 건조한 호주의 기후로 인해 바짝 마른 입술이 드러났다. 이게 과연 프레시한 걸까? 신경질이 나서 거울도 보지 않고 양 갈래로 머리를 땋고 나서야 사진사는 "완벽해!"라며 카메라를 들었다.

"자, 이제 찍는다. 웃어!"

화가 난데다 생얼이었지만 주미는 프로 의식을 발휘해 활짝 웃어 보였다. 방금 분무기로 물을 뿌린 브로콜리니와 콜리플라워보다 더 프레시하게.

"아, 웃지 말아봐. 웃으니까 눈이 너무 작네."

주미는 그 말에 즉각적으로 눈을 부릅떴다. 눈이 작다는 말은 한국에서도 많이 들어서 익숙했지만 영어로 들으니 왠지 불쾌했다.

잠깐, 이거 아시아인들 조롱하는 흔한 인종차별 아니야? 흑인들한테 너무 까맣다고 말하면 안 되는 것처럼 아시아인한테 눈이 너무 작다고 말하면 안 되는 거 아냐?

셔터 소리가 이어지는 동안 주미는 사진사의 발언이 인종차별인지 아닌지를 따지느라 혼란스러웠다. 아무렇지 않게 (왼쪽으로 조금 돌아보라는 말처럼) 눈이 작으니 웃지 말라던 사진사는 그 후에도 감정이 배제된 건조한 지시를 이어갔다("콜리플라워 하나 들어봐. 아니, 양손으로").

주미가 눈이 작은 건 (인종을 망라하고) 자타 공인하는 특성이니 그는 객관적 사실을 말한 셈인가?

게다가 사진사부터가 중동계 유색인이어서 따지기가 더 애매했다. 엄밀히 말하면 같은 아시아인이었고, 거칠게 봐도 같은 외국인 이민자였으니까.

찝찝하게 촬영을 마친 후에 주미는 화장실에 틀어박혀 애런에게 메시지를 보냈다.

"오랜만에 한국 음식 먹으러 갈래?"

근무가 없는 날이었던 애런은 바로 좋다고 답장을 보내왔다. 주미는 식당 주소를 보내며 자신의 퇴근 시간을 상기시켰다.

"먼저 가서 내 몫으로 '김치찜'을 주문해. 그 메뉴는 오래 걸려."

주미는 김치찜의 스펠링을 다시 확인하고, 식당 메뉴를 캡처한 후 김치찜 메뉴에 동그라미 쳐 보내주기까지 했다. 육 년을 넘게 사귀는 동안 주미가 김치찜을 먹는 걸 본 적이 없으니 애런은 그게 뭔지 알 수 없을 것이다.

김치찜은 주미가 가장 좋아하는 음식이었다. 호주에서도 한인 식당에 가면 어렵지 않게 볼 수 있는 메뉴인데도 먹지 않기 시작한 건 애런의 어머니를 만난 이후부터였다. 그날 애런이 갈릭 피자를 주문하자 어머니가 내일 출근하지 않냐고 물었던 것이다. "마늘 냄새가 풍길 텐데, 동료들한테 너무 무례하지 않니. 손님들한테도 그렇고." 그녀가 다정한 말투로 아들에게 주의를 주었던 일이 주미에게는 잊히지 않았다.

　　갈릭 피자에 들어가는 마늘의 양은 김치에 들어가는 양과 비교도 안 되게 적을 텐데. 평생을 먹어온 음식을 먹는 일이 다음날 만나는 상대에게 무례한 일이 될 수도 있다는 생각을 한 번도 해보지 않았던 주미는 충격을 받고 김치를 끊었다. 그렇게 일 년이 지나자 한식당에 가서 반찬으로 나오는 김치만 집어도 마늘 냄새가 확 올라왔다.

　　김이 올라오는 김치찜을 앞에 두고 주미는 손거울에 비친 자신의 얼굴을 한참 들여다보았다.

　　"나 눈이 너무 작지."

　　"그래서 예쁜데."

　　애런은 빈말이라도 눈이 작지 않다는 말은 안 할 것이다. 그래, 연인도 눈이 작다고 하는데 사진사가 그렇게 말한다고 해서 어떻게 인종차별이 되겠어.

"눈이 좀 커지면 좋겠어."

"아냐, 지금 눈이 딱이야. 너 눈 때문에 별명이 퓰란이었잖아."

그랬다. 애런과 바에서 같이 일할 때 사람들은 주미를 퓰란이라고 불렀다. 그때는 그 별명이 좋았는데, 왜 지금은 불쾌한 걸까? 사진 촬영 때문에 예민해진 걸까?

주미는 손거울을 내려놓고 찐 김치를 밥에 비비다 말고 애런이 비빔밥을 섞지 않고 먹는 것을 보았다.

"그렇게 먹는 거 아냐."

주미는 비빔밥을 섞어 먹지 않는 애런의 취향을 알면서도 그의 그릇을 가져와 마구 섞은 뒤 돌려줬다. 애런은 불쾌한 표정을 숨기지 않았지만 주미는 무시하고 부드러운 김치에 버무린 밥을 한 숟가락 가득 퍼 입에 밀어넣었다.

"나 어시스턴트 매니저 되면 우리 이사할까?"

"어디로?"

"그냥 우리끼리 사는 곳으로. 계속 셰어하우스에 살 수는 없잖아."

애런은 입맛이 떨어진 듯 비빔밥을 깨작거리며 고개를 저었다.

"여기는 방 한 칸짜리 스튜디오도 렌트비가 기본 육백 불이야. 렌트비 낮추려면 외곽으로 나가야 되는데 그럼 내 바랑 네 매장에서 너무 멀어져."

"차 사면 되지 뭐. 어시스턴트 매니저만 되면 모기지 받을 수 있으니까 천천히 집 살 계획도 세워보자. 렌트비 아깝잖아."

애런은 주미를 빤히 바라보았다. 그의 대답은 정해져 있다는 걸 알았다. 애런은 모기지 대출에 삼십 년간 묶인 채로 바둥대며 일하지 않을 것이다.

"지금 결정하자는 거 아냐. 그냥 그런 방법도 있으니까 생각해보자고."

그렇게 말했는데도 애런이 아무 대답이 없자 주미는 점점 화가 치밀어올랐다.

"그럼 평생 셰어하우스에서 살 생각이었어? 밤마다 파티하는 애들이랑 같이? 너도 시끄럽다고 했잖아. 새로 들어온 애들 열여덟 살이더라. 우리보다 열네 살이 어려."

"나이가 무슨 상관이야?"

"어린애들이나 이렇게 산다는 거야. 미래 없이."

"미래가 왜 없어? 나는 이렇게 쭉 살 건데? 그게 내 미래야."

애런은 무표정한 얼굴로 짧게 답하고는 젓가락으로 고사리 한 가닥을 집어먹었다.

"그렇게 먹는 거 아니라니까! 비빔밥은 재료랑 소스를 다 섞어서 한 숟가락에 퍼먹는 거야! 너는 지금 한국 문화를 무시하는 거라고."

씩씩거리는 주미를 바라보는 애런의 얼굴에 뜨악한 표정이 떠올랐다. 주미는 울고 싶어졌지만 동시에 절대 울고 싶지 않았다. 보란 듯이 입을 크게 벌려 김치에 버무린 주황색 밥을 욱여넣었다.

6

12월 둘째 주 금요일, 저녁 아홉시 반에 쇼핑센터 사층의 스테이크 식당에서 크리스마스 파티가 열렸다. 오후 다섯시에 근무가 끝난 주미는 집에서 노란색 칵테일 드레스로 갈아입고 식당으로 향했다. 매니저 아니시를 비롯한 마감 조는 열시에 합류하는 것으로 되어 있었다.

식당은 테이블을 모두 치우고 나니 커다란 홀처럼 보였다. 문을 열고 들어서면 보이는 정면의 벽에 스탠딩 마이크가 놓인 간이 무대가 설치되어 있고, 왼쪽 가장자리에 일렬로 놓인 기다란 탁자에는 매장 직원 백팔십 명이 먹을 핑거푸드가 산처럼 쌓여 있었다.

화이트 와인 한 잔과 레몬 머랭 파이 한 조각을 집어든 주미는 아는 얼굴들과 인사를 나누며 냉장식품팀을 찾았다. 무대 앞 오른쪽에 팀 멤버들이 모여 있었는데, 사람들이 둘러싼 중심에 반갑지 않은 얼굴이 있었다. 벌써 열흘이 넘도록 일을 나오지 않고 있는 (산재보험으로 급여를 두둑이 받아가고 있을) 빌리가 붕대를 감은 손가락을 들고 서 있었다.

거리를 두고 어정쩡하게 서 있던 주미를 와인색 롱드레스를 떨쳐입은 인드라니가 발견하고는 큰 소리로 불렀다. 주미는 누가 묻지 않았는데도 지금 막 왔다고 둘러대고 빌리에게 손가락은 괜찮냐고 안부를 물었다. 빌리는 손을 계속 들고 있어야 돼서 오토바이를 못 타는 거 빼고는 크게 불편하지 않다며 호탕하게 웃었다.

"그럼 계속 일 나오기 어렵겠구나."

"아냐, 회사에서 택시비 지원해준다고 해서 다음주부터 나올 거야."

주미는 다행이라며 억지로 양쪽 입술 끝을 올려 보였다.

열시가 지나자 마감 조가 우르르 들어왔다. 아니시가 유니폼을 입은 채로 주미와 팀 멤버들이 모여 있는 곳에 끼어들었다. 그날 근무를 함께한 아니시는 새삼스레 한 명씩 끌어안으며 "메리 크리스마스!" 하고 인사를 건넸다. 일하면서 땀을 많이 흘렸는지 체취가 강했다. 주미는 지난주 내내 보이지 않는 무언가와 싸우듯이 먹어댄 김치 냄새가 아직 몸에 남아 있을까봐 걱정했다.

"사진 봤어?"

아니시는 주미를 향해 휴대폰을 들어올렸다.

"워크앱에 사진 올라왔어."

주미는 얼른 앱을 켜 첫 화면에 뜬 새 유니폼 공지를 클릭했다. 설레는 마음으로 화면을 주시하는데 주미가 아닌 다른 얼굴이 나왔다. 연분홍색 히잡을 쓴 중동계 여자가 주미가 입었던 것과 동일한 유니폼을 입고 과일 매대 앞에서 웃고 있었다. 화면을 스크롤해서 내리자 키가 훌쩍 큰 아프리카계 남자가 나왔고, 그 아래 뚱뚱한 백인 중년 여성이, 그 아래 턱수염을 기른 인도계 남자가 있었다. 눈을 부릅뜨고 입만 어색하게 웃는 주미는 그들의 맨 아래에 있었다.

아,

주미는 그제야 자신이 참여한 새 유니폼 홍보의 정체를 알아챘다. 아니시가 왜 자신을 추천했는지도. 사진사가 왜 화장을 지우라고 했는지까지.

그건 슈퍼마켓 유니폼 홍보가 아니라 다양성 존중 캠페인에 가까웠다. 일련의 유니폼 모델들 사이에서 주미의 역할은 동아시아인이었다. 주미는 까무잡잡한 피부에 찢어진 눈이 퓰란처럼 보이는 젊은 동아시아 여성으로 다양한 피부색을 지닌 인종과 어우러져 있었다.

주미의 예쁜 얼굴.

다양성의 한 축을 담당하는 '정치적으로 올바른' 얼굴. 회사가 시대와 발맞추어가고 있다는 걸 알리기 위해 필요한 얼굴. 화살표를 따라 올라갈수록 백인들만 남는 조직도를 감추기 위해 이용되는 얼굴.

첫 화면으로 돌아가니 새 유니폼 공지 배너가 넘어가며 사회 공헌 사업 홍보 사진이 떴다. 거기 빌리가 있었다. 주미처럼 아래로

스크롤을 내리지 않고도 볼 수 있는 곳에. 짠. 다른 원주민 직원들과 함께 어깨동무를 하고서.

"우리 팀에 회사의 얼굴이 둘이나 있어. 자랑스러워."

아니시의 말에 주미는 뭐라고 대답해야 할지 몰라서, 아니 어떤 표정을 지어야 할지 몰라서, 아니 얼굴이 자기 의지와는 상관없이 마구 일그러지고 무너지는 것만 같아서 무리를 빠져나왔다.

여자 화장실 앞에 케이트와 캐서린이 서 있었다. 주미는 눈인사 하고 지나치며 케이트가 속삭이듯 목소리를 낮춰 캐서린에게 하는 말을 들었다.

"나, 어시스턴트 매니저에 지원하려고 했는데 포기했어."

주미는 화장실 문고리를 잡은 채 멈춰 섰다. 케이트와 캐서린은 주미를 의식하지 않고 대화를 이어나갔다.

"해보지, 왜."

"빌리로 내정됐대."

주미가 자기도 모르게 "빌리?" 하고 소리를 지르며 둘을 돌아보았다. 케이트는 검지를 입에 가져다대며 주미를 잡아당겼다.

"응, 아니시가 그랬어."

"어떻게? 툭하면 무단결근하는 애를 어시스턴트 매니저를 시킨다는 게 말이 돼?"

주미는 거기서 말을 멈추지 못했다.

"빌리라니 말이 안 되잖아. 원주민이 아니었으면 진작 잘렸을 애를. 사회 공헌 사업 사진 뜬 거 봤지? 워크앱 첫 화면에. 누가 봐도 원주민 밀어주기잖아. 이거야말로 인종 역차별 아냐?"

"세상에. 주미, 진정해. 무슨 말도 안 되는 소리야?"

케이트는 주위를 돌아보면서 주미에게 양 손바닥을 내보였다.

"우리 팀에서 전동 지게차 쓸 수 있는 사람이 빌리밖에 없잖아. 아니시 혼자 여기저기 불려다니면서 물건 내리는 거 다 봐놓고 그래?"

케이트와 캐서린은 뜨악한 얼굴로 주미를 보았다.

"어시스턴트 매니저니까 매니저 일을 대신 할 사람 시키는 게 당연하지. 아니시도 미안해하면서 전동 지게차 쓸 수 있는 사람이 필요해서 어쩔 수 없다고 했는데…… 인종 역차별이라니 갑자기 무슨…… 말조심해, 주미."

스피커가 켜지고 마이크를 톡톡 두드리는 소리가 울렸다. 무대 위에 매장 총괄 매니저 브랜든이 올라와 있었다. 브랜든은 하나 마나 한 말들을 몇 마디 하다가 지루한 이야기는 끝났다며 장난기 어린 표정을 지었다.

"크리스마스 특별 보너스 타임!"

직원들의 환호성 속에 브랜든은 정장 재킷 안쪽에서 봉투 여러 장을 꺼냈다. 그리고 매장 총괄 어시스턴트 매니저를 선두로 여덟 명의 팀 매니저와 여덟 명의 팀 어시스턴트 매니저를 차례로 호명했다. 아니시와 인드라니가 무대로 올라가 브랜든의 옆에 섰다. 무대 위에 선 매니저 열여덟 명의 활짝 웃는 얼굴 위로 조명이 쏟아졌다. 아래에 남은 백육십여 명의 파트타이머들은 그들을 올려다보며 박수를 쳤다.

"이 영광을 함께 고생한 팀원들과 나누겠습니다."

아니시의 익살스러운 소감에 냉장식품팀은 환호하며 손뼉을 쳤다. 주미도 함께 박수를 치고 싶었지만 양팔이 굳은 것처럼 움직이지 않았다. 간신히 눈을 올려 매니저들을 환하게 밝히는 조명을 쏘아보았다. 조명은 아주 희고 밝았다.

아무
사이

예
소
연

○

예소연

2021년 『현대문학』 신인추천을 통해 작품활동을 시작했다. 소설집 『사랑과 결함』, 장편소설 『고양이와 사막의 자매들』, 중편소설 『영원에 빛을 져서』가 있다. 황금드래곤문학상, 문지문학상, 이효석문학상 우수작품상, 이상문학상 대상을 수상했다.

나에게는 꽤 많은 할머니가 있고 나는 그 모든 할머니를 빠짐없이 사랑한다. 현재는 풍동에 사는 뮤 할머니와 마두에 사는 오 할머니, 탄현에 사는 두부 할머니만을 찾아뵙고 있지만. 뮤 할머니 집에 가면 제일 먼저 발 매트를 햇볕에 널어두어야 한다. 귀가 잘 들리지 않아 무슨 말만 하면 뮤야? 라고 소리지르는 뮤 할머니는 다른 무엇보다도 발 매트에 득실거릴 세균을 제일 싫어한다. 나는 좀처럼 허리를 구부리지 못하는 뮤 할머니를 대신해 발 매트를 물로 헹군 뒤 베란다에 널어둔다. 그게 풍동 뮤 할머니 댁에서의 첫 일과라고 할 수 있다. 뮤 할머니는 내가 집에 들어와 인사하면 심드렁한 표정으로 대꾸도 하지 않지만, 근무시간 내내 소파에 앉아 뜨개와 같은 소일거리를 하며 내게 계속 말을 붙인다.

마두에 사는 오 할머니는 어찌나 민화투를 좋아하는지 갈 때마다 화투를 치자고 졸라대서 난감할 정도다. 오 할머니의 보호자가 청소보다는 돌봄에 방점을 찍고 있는 편이긴 해도 부엌과 거실 정도는 깔끔하게 해두어야 내 스스로 켕기지 않았다. 이런 성격 덕분에 이 일을 시작하고 얼마 지나지 않아 몇 건의 좋은 후기를 얻기도 했다. 결국 그 후기들이 쌓이고 쌓여 여기까지 온 것 아닌가. 그런 생각을 하면 내심 뿌듯했다.

시터닷컴에 접속하면 메인 배너에 대문짝만하게 걸린 내 얼굴이 보인다. 이런 문구와 함께. 제가 돌보는 할머니들이요? 다 제 할머니예요. 나는 현재 시터닷컴에서 다섯 손가락 안에 드는 베스트 시터 중 하나이고 일산 일대에서만큼은 가장 높은 시급을 받으며 일한다. 단 삼 년 만에 이룬 성과다. 이 모든 게 누구 덕분인가. 암, 우리 할머니들 공이고말고. 나는 그런 생각을 하며 열심히 언덕을 올랐다. 숨이 턱끝까지 차올랐지만 걸음을 늦추지 않았다. 두부 할머니 댁에 가야 했으니까.

탄현역에서부터 두부 할머니 댁까지는 꽤 먼 거리였고 걷다보면 가파른 언덕길도 나왔다. 언덕 아래 전통시장이 있는데 두부 할머니는 아침마다 그곳에서 장을 본다고 했다. 두부 할머니가 매번 이 언덕을 오르내린다고 생각하면 마음이 편치 않았다. 그래서 역에서 내린 다음에는 늘 두부 할머니에게 전화를 걸어 혹시 사 갈 것이 있느냐고 물어보곤 했다. 할머니는 매번 없다고, 그냥 몸만 오라고 했다.

오늘도 두부 할머니는 나를 여지없이 반기며 식탁 앞에 앉혔다. 그리고 내민 것은…… 두부. 그래, 두부였다. 두부 할머니에게 두부는 만병통치약이었다. 식물성 단백질이 가득 들어 있는데다가 뇌 건강에 탁월한 콩으로 만들어 머리까지 좋아지는 음식. 두부 할머니는 혹시라도 내가 지겨워할까봐 언제는 쪄서 주고 언제는 바나나랑 갈아 주고 언제는 프라이팬에 지져 줬다. 이제는 고역인 지경에 이른 두부 먹기가 두부 할머니 댁에서의 첫 일과인 셈이었다. 나는 접시에 예쁘게 담긴 두부 부침에 달큰한 간장을 찍어 재빠르게 먹어치웠다.

"맛있니?"

"맛있지요."

"예쁘게 잘 먹네."

"저도 알지요."

장난스럽게 할머니의 물음에 응수하며 그릇을 들고 개수대로 향했다. 역시나 설거짓거리가 쌓여 있었다. 두부 할머니는 혼자 살면서도 옛날에 크게 살림하던 버릇을 버리지 못해 김치며 장아찌 같은 걸 자꾸 담갔다. 그 뒤치다꺼리는 자연스럽게 내 몫이 되었다. 며느리랑 같이 살 때는 아마 며느리가 했을 것이다.

"할머니, 김치를 또 담그셨어?"

"며느리 줄 거 했지."

"손도 커 진짜. 좀 줄여가면서 해요. 허리도 아프면서."

"놀면 뭐해. 애들이 뭐 김치 한번이라도 담가봤겠나."

대야며 접시며 부엌에 잔뜩 널브러진 살림들을 정리한 뒤 본격적으로 설거지를 하려는 찰나 전화벨이 울렸다. 무시하려다가 하도 오래 울리기에 확인해보니 두부 할머니의 며느리, 그러니까 나의 실질적인 고용주 수영씨였다. 얼른 고무장갑을 벗고 전화를 받았다. 수화기 너머에서 날카로운 잡음이 날아와 고막을 찔렀다. 수영씨와는 직접 얼굴을 마주한 적이 단 한 번도 없었다. 오로지 유선상으로만 대화를 나누었는데 그때마다 수영씨는 늘 혼잡한 거리 한복판에 있는 듯했다.

"여보세요?"

"희지씨, 잘……요?"

"네?"

"……냐구요."

"할머니 잘 계시고요. 허리 아프다는 말은 안 하시네요. 막 도착해서 혈압은 못 재봤어요. 카톡으로 수치 남길게요."

"……해요."

"뭘요."

잘 들리지 않아도 무슨 말인지 다 알 것 같았다. 수영씨는 늘 정중하게 감사를 전하는 동시에 할머니의 건강 상태를 체크했으니까. 처음 이 일을 시작할 때만 해도 시범 근무를 마치고 불편한 건

없느냐는 말에 조심스레 솔직한 마음을 터놓기도 했다. 빨래를 너는 대신 건조기를 사용해도 될까요? 같은 말들. 돌아오는 대답은 언제나 나이스했지만 그날 이후 그 사람들은 나를 고용하지 않았다. 생각해보면 당연했다. 군말 없이 빨래를 넣어 말린 뒤 개어줄 사람은 널리고 널렸으니까.

*

서랍에 있는 혈압계를 꺼내 할머니 옆에 앉았다. 소파에 앉아 있던 할머니는 자연스럽게 팔을 걷고 내 능숙한 손놀림을 가만히 바라만 보았다. 커프가 부풀어오르며 할머니의 팔뚝을 세게 조이기 시작했다. 그러고는 이내 이완되는 그 일련의 움직임. 우리는 이 동작을 꾸준히 되풀이해왔지만, 그 시간이 무색할 만큼 할머니의 혈압은 여전히 높았다. 수영씨는 그게 참 의아하다고 했다.

"어머님이 젊을 적에 아이스크림을 참 좋아했어요."

"요즘은 드시는 걸 본 적이 없는데요."

"꼭 하루에 한두 개씩 팥 아이스크림을 드셨거든요."

"그랬군요."

"그게 문제가 된 것 같아요. 한번 오른 혈압은 떨어지기가 쉽지 않잖아요."

수화기 너머로 들려오는 수영씨의 진지한 목소리에 별다른 대꾸를 할 수가 없었다. 이상하게 무력해지는 기분이 들었다. 두부 할머니는 아침에 눈을 뜨면 삶은 계란에 참깨드레싱을 뿌린 샐러드를 곁들여 먹었다. 점심은 적절한 지방 섭취를 위해 고기 반찬 한 개를 포함해 식단을 구성했고 저녁은 두부를 이용해 만든 단 한 가지의 반찬으로 가볍게 끼니를 때웠다. 물론 수영씨는 그것까지도 전부 알고 있었다.

나는 아직까지도 두부 할머니가 에어컨을 트는 것을 본 적이 없었다. 며느리가 장만해줬다던 스탠드형 에어컨은 한눈에 봐도 값비싸 보였지만, 이따금 손주가 놀러올 때나 사용하는 듯했다. 두부 할머니의 푸념에 따르면 남편이 죽고 나서 산 이 작은 아파트의 주택 담보 대출금이 할머니의 유일한 생활비라고 했다. 자식들한테 손 안 벌리고 사는 게 가장 큰 목표가 된 할머니는 그래서 건강도 챙기고 알뜰살뜰하게 살게 되었다며 사람은 목표가 있어야 한다고 했다.

설거지를 하고 청소기로 거실 구석구석을 밀면서 돋보기를 쓴 채로 신문을 유심히 읽는 두부 할머니를 힐끗거렸다. 다른 할머니들과 달리 꼬박꼬박 신문 읽기를 게을리하지 않는 두부 할머니는 말하는 데 있어서도 거침이 없었다. 그런데 요즘 들어 단어 하나를 생각해내는 데 시간이 오래 걸렸다. 엊그제는 나에게 뜬금없이 영수증 하나를 들이밀더니 돼지 앞다리살 가격이 얼마로 찍혀 있느냐고 물어보기도 했다. 구천사백오십원이요. 내가 말하자, 아, 그러니? 하더니 영수증을 도로 가져가 다시 유심히 들여다보았다.

할머니는 분명 앞다리살을 조금밖에 사지 않았는데 가격이 구만사천오백원이나 나온 줄 알고 호들갑을 떨었다고, 내가 없었다면 다시 마트에 가서 환불해달라고 요구할 뻔했다며 웃었다. 나는 그런 할머니의 단순한 실수들이 어쩐지 평소 같지 않다고 생각했다. 결국 나는 청소기를 밀다 말고 신문을 읽고 있는 두부 할머니 옆에 가서 앉았다. 할머니가 나를 의아한 눈초리로 바라보았다.

"손가락 끝까지 피가 도는 게 건강에 되게 좋대요."

그렇게 말하며 할머니의 손을 끌어다가 힘을 실어 꾹꾹 눌렀다. 두부 할머니는 내심 시원한지 대꾸도 안 하고 잠자코 있었다. 나는 얼마간 아무 말도 없이 마사지를 하다가 할머니에게 질문을 던졌다.

"맞다. 여기 주소로 택배 받을 게 있는데. 주소 좀 불러줄래요?"

"주소?"

곰곰 생각하던 할머니는 탁상 위에 놓인 수첩을 가져오려고 했다. 그 수첩에는 할머니가 기억해야 할 모든 것이 적혀 있었다. 전화번호와 주소, 계좌번호 같은 것들. 나는 몸을 일으키려는 할머니의 손을 잡고 놓아주지 않았다.

"에이. 한번 기억해봐요."

"경기도 일산서구 탄현로인가?"

"산현로겠죠."

"맞다. 산현로."

"할머니. 집주소도 모르면 어떡해?"

"그러게나 말이다."

"그러면 할머니 전화번호."

"그걸 내가 어떻게 아니?"

"왜 몰라요?"

"내가 나한테 전화를 걸 일이 없는데."

그건 맞는 말이네. 할말이 없어진 나는 잠자코 할머니를 바라보다가 그래도 자기 휴대폰 번호쯤은 외워두어야 한다고 했다. 그러자 할머니가 더듬더듬 숫자를 뱉어내기 시작했다. 틀린 번호를…… 나는 신문 한 귀퉁이에 할머니의 번호를 적은 후 오늘 내가 퇴근하기 전까지 할머니는 이 번호를 꼭 외워야 한다고 했다. 그러자 할머니는 금세 불퉁해져서 네가 내 선생님이라도 되는 모양이로구나, 중얼거렸다.

할머니에게 농담조로 무어라 맞받아치려는데 휴대폰이 울렸다. 세 든 집의 집주인에게서 온 문자였고 내용을 확인하자마자 웃음기가 싹 가셔버리고 말았다. 일종의 퇴거 명령이었다. 한 달 안에 모든 짐을 빼고 나가주길 바란다는. 아마 영주 때문이겠지. 영주는 일 년 전쯤 함께 살게 된 고양이였다. 추운 겨울 담벼락에 붙어 웅크린 채 떨고 있는 새끼 고양이를 지나치지 못해 데려왔는데, 겨울이 지날 때까지만 같이 있자고 시간을 끌던 게 어느새 일

년이 흘러버렸다. 그런데 며칠 전, 오 년간 한 번도 찾아오지 않던 집주인이 건물 전체의 배관을 손봐야 한다고 방문하더니 캣타워 위에 가만 앉아 눈을 끔뻑이는 영주를 보고 적잖이 당황한 것 같았다.

잠시간 생각을 하다가 화장실로 들어가 집주인에게 전화를 걸었다. 신호음은 이어지는데 도통 전화를 받지 않았다. 일부러 그러는 것 같았다. 다섯 통째 전화를 걸었지만 결국 집주인은 받지 않았다.

—김영순님 전화 받아주세요. 드릴 말씀이 있어요.

—월세 올리는 조건으로 재계약 가능합니다.

—다시 연락 주세요.

—저는 퇴거 조치에 응하지 않겠습니다.

그렇게 폭탄 같은 문자를 다다닥 보내고 나니 더욱 마음이 심란해졌다. 독립 후 처음으로 살게 된 집이었고 작은 원룸이었지만, 나름대로 오랫동안 정붙이고 살아온 곳이었다. 반지하라서 방값이 쌌고 여름에는 습기가 심하긴 했지만, 겨울에는 난방이 잘되는 따뜻한 집이었다. 이제 겨우 돈을 모으기 시작한 지금, 발품을 팔아 이만한 조건의 월세방을 구하는 것조차 엄두가 나지 않았다.

한숨을 쉬며 화장실 문을 열고 나왔는데 소파에 앉아 있어야 할 할머니가 보이지 않았다. 이곳저곳 방문을 열어보았지만, 할머니는 온데간데없었다. 소파 위에 할머니의 구형 휴대폰만 덩그러니

놓여 있을 뿐이었다. 얼른 발코니로 나가서 창문을 열고 몸을 숙여 내다봤다. 저멀리 허리가 굽은 할머니 한 명이 카트를 끌고 가파른 언덕을 오르고 있었다. 하지만 두부 할머니는 아니었다.

*

나는 나이를 먹을수록 책임을 져야 하는 일이 늘어나는 게 항상 무서웠다. 그래서 입사와 퇴사를 그렇게나 반복했는지도 모른다. 프로젝트를 완수하고 성과를 달성해야 하는 업무들은 늘 나에게 커다란 스트레스로 다가왔다. 퇴근하고 집에 왔는데도 무언가 찜찜한 느낌이 가시질 않았고, 제대로 업무를 수행하지 못했을 때 상사로부터 질타를 받으며 느낀 모멸감 같은 것들은 나의 숙면을 방해했다.

다 그러고 사는 거라고, 마음 좀 독하게 먹으라는 소리도 많이 들었는데 이상하게 그게 참 어려웠다. 남들처럼 그렇게 사는 거. 그냥 그러려니 하는 거. 결국 차일피일 미루다 받은 건강검진에서 위 용종을 발견한 다음날, 나는 사직서를 제출했다. 대략 일 년 이개월 만의 퇴사였고 이마저도 가장 오랜 근무 기간이었지만 어디 가서 이력으로 내놓기도 민망했다. 퇴사를 하고 더이상 잠이 오지 않을 만큼 늘어지게 늦잠을 잔 뒤 이불 속에서 그런 생각을 끈질기게 했던 것 같다. 나는 아주 나약하고 쓸모없는 인간에 불과한 걸까?

　그러니까 나는 근성이랄 게 없이 삶을 지속해나갔다. 하지만 삶은 어느 기점 이후로 버티기만 해서는 되는 것이 아니었다. 미래를 도모하고 계획하고 운용하는 식이어야만 했다. 그러려면 아무려나 좋다는 식이어서는 안 됐다. 내가 할 수 있는 일, 그러니까 그나마 정을 붙이고 해나갈 수 있는 일이 필요했다.

　"그렇게 운명처럼 시터닷컴을 알게 되었어요."

　내가 여기까지 이야기하면, 교육장에서 교육을 듣던 사람 몇몇은 고개를 끄덕이기도 하고, 입실 전 미리 나눠준 노트에 무언가를 적기도 했다. 어느새 나의 이야기는 일종의 레퍼토리가 되어 있었다. 분명 진심이 담긴 이야기였고 사실이었으며 내가 꾸준히 해오던 생각이 분명한데도 이 말을 할 때마다 나는 스스로에게 부끄러운 마음이 들었다. 다 거짓말 같아서. 내가 무언가 그들에게 오해를 불러일으키고 있는 것만 같아서.

　또 무슨 말을 했더라. 저는 돌봄 노동이 쉽게 유형화하기 어려운 난점을 가지고 있다는 것을 충분히 인지하고 있습니다. 그렇기에 책임의 범위를 책정하기도 굉장히 난감하죠. 하지만 돌봄 노동이 필요한 시대에 누구보다도 시터들은 어느 정도 자신의 업무적 책임을 인지해야 합니다. 책임의 범위는 스스로 만들어나가는 거라고 생각해요. 그래야지 보호자도 우리 시터들을 믿고 사랑하는 자식, 어머니 그리고 아버지를 맡기지 않을까요?

어떤 말들은 오히려 입 밖에 냄으로써 스스로 그것을 진심으로 믿게 되어버리기도 한다. 그전까지 의문으로 남아 있던 것들이 오히려 발화를 통해 명백해져버리는 것이다. 하지만 그렇다고 그게 나의 명백한 진심인 것도 아니다. 지금 이 순간, 나는 내가 뱉었던 그 말을 복기하며 언덕을 미친듯이 뛰어내려가고 있었다. 숨이 턱 끝까지 차올랐지만 뛰는 것을 멈출 수 없었다. 수영씨가 알기 전에 두부 할머니의 행방을 찾아야 했다. 혹시 수영씨에게 전화가 올까봐 할머니의 휴대폰도 챙겨왔다. 수영씨는 늘 내가 퇴근하는 시간에 맞춰 할머니에게 전화를 걸어왔다. 그러니 무슨 일이 있어도 두 시간 안에는 할머니를 찾아 집에 데려와야 했다.

*

가파른 언덕을 뛰어내려 도착한 곳은 전통시장이었다. 평소 할머니가 제일 자주 드나드는 곳이기도 했고 또 할머니가 매일같이 방문한다던 그 두부 가게를 가봐야겠다는 생각이 들었기 때문이었다. 시장은 입구에 자리잡은 유명한 순댓국집을 기점으로 길게 뻗어 있었는데 사방으로 출구가 나 있어서 어디로 먼저 가야 할지 막막하게만 느껴졌다.

일단 한가해 보이는 꽈배기집에서 꽈배기 세 개를 주문했다. 통통한 꽈배기에 설탕을 듬뿍 묻히는 아저씨를 가만 바라보며 눈치를 살피다가 조심스레 물었다.

"여기서 제일 유명한 두부 가게가 어디예요?"

"두부 파는 데야 많죠."

"할머니들 많이 가시는 곳이 따로 있을까요?"

나도 모르게 발을 동동거리며 다급하게 물었더니 아저씨는 잠시 생각하다가 고갯짓으로 오른쪽 골목을 가리켰다. 아침 여섯시부터 따끈한 두부를 개시하는 곳인데 언제나 노인들로 문전성시라며. 며칠 전에는 방송국까지 왔다 갔다나 뭐라나. 눈도 마주치지 않은 채 중얼거리듯 말하는 아저씨의 손에서 꽈배기 봉투를 뺏어 들다시피 하고 감사합니다, 소리치며 골목으로 내달렸다.

가게는 골목 정중앙에 위치해 있었다. 방송을 타서 그런지는 몰라도 딱 그 가게만 사람들로 바글바글했다. 나이가 지긋해 보이는 사장님이 모두부를 먹기 좋게 칼로 숭덩숭덩 조각낸 다음 이쑤시개를 꽂아 사람들에게 하나씩 나눠주고 있었다. 나는 사람들 틈바구니를 헤집고 들어서다가 엉겁결에 이쑤시개에 꽂힌 두부를 받아들었다. 사장님은 정신없이 바빠 보였고 손님들로 북적이는 이 인산인해의 현장 속에 두부 할머니는 물론 없었다. 분주하게 손을 움직이며 두부를 포장하는 사장님에게 다가가자 사장님은 나를 흘긋 보며 건성으로 물었다.

"뭐 줄까?"

"모두부 하나요."

"잠깐만요."

재빠르게 봉지에 두부를 담아 내놓는 사장님의 솜씨는 감탄스러울 정도였다. 나는 그런 사장님에게 어떻게든 두부 할머니의 행방에 대해 묻고 싶었지만, 도무지 할머니의 인상착의가 기억이 나지 않았다. 그 대신 어느 날 할머니가 노래 교실에서 두부 가게 사장님을 만났다며 신기해하던 것이 생각났다.

"사장님."

"네?"

"여기 맨날 두부 사러 오는 할머니 중에요. 노래 교실에서 만났던 할머니 기억하세요?"

"기억나죠."

"오늘 못 봤어요?"

"봤어요. 아침에."

"오후에는요? 방금 왔다 가진 않았어요?"

"아닐 텐데. 그래도 두부 사러 오면 나랑 한 마디씩은 하거든. 근데 내 기억엔 없네?"

"잘 생각해봐도 없어요?"

"아, 없다니깐?"

사장님은 무신경하게 대답한 뒤 더이상 내 말에는 대꾸도 하지 않고 두부를 포장하기 시작했다. 결국 인파를 헤치고 도로 시장 밖으로 걸어나왔다. 책임의 범위는 스스로 만들어나가는 거라고 생각해요. 내가 했던 말이 기어코 나에게로 되돌아오고야 말았다. 힘없이 언덕을 오르다 걸음이 빨라졌고 급기야는 다시 뛰기 시작했다. 지금 두부 할머니 댁에 가면 무슨 일이 있었냐는 듯 할머니가 소파에 앉아 나를 반겨줄 것만 같았다.

그렇게 현관 비밀번호를 누르고 아파트에 도착했을 때, 실내는 믿기지 않을 정도로 고요했다. 두부 할머니가 없는 빈집에 신발을 벗고 들어가 소파에 털썩 앉았다. 차게 식은 꽈배기 한 봉지와 두부 한 모를 거실 테이블에 툭 던져놓았다. 냉한 기운이 피부에 스몄고, 내 집처럼 드나들던 이곳이 아주 낯설게 느껴졌다. 두부 할머니의 온기가 절실했다. 이대로 할머니가 영영 사라져버린다면…… 내 삶은 송두리째 망가지고 말겠지. 할머니가 어떻게됐을지는 걱정하지도 않고 그런 생각부터 하는 스스로가 몹시 싫어졌다. 한숨을 쉬며 고개를 들었는데 거실 테이블 한구석에 놓여있던 작은 묵주 반지가 눈에 띄었다.

할머니는 종종 내게 성당을 다니는 게 얼마나 우리 마음에 좋은 일인지에 대해 이야기하곤 했다. 그러면서 함께 성당을 다니는 친구들의 흉을 보기도 했다. 나는 신을 섬김으로써 생겨나는 좋은 마음에 대해 이야기하는 동시에 누군가의 흉을 보는 할머니가 어쩐지 웃긴다고 생각했다. 일산성당. 할머니가 매일같이 미사를 보는 곳이었다.

*

　사전 교육을 듣던 누군가 내게 질문을 한 적이 있다. 시터 일이 고되다고 느낀 적은 없으셨나요? 나는 그 질문을 받자마자 한 치의 망설임도 없이 대답을 내놓았다. 이 일은 고되기도 하고 서럽기도 한 노동입니다. 가족 사이에 끼어들어 어느 정도의 친밀감을 형성하되, 분명한 선을 지켜야만 하는데, 가사노동에 있어서만큼은 제 몫을 해야 하기 때문이죠.

　어떤 사람은 돈을 주고받는 관계에 서러울 일이 뭐가 있느냐고 되물을 것이다. 하지만 가사노동이란 게 그렇다. 반나절을 내리 화투 치며 깔깔거리던 오 할머니는 내가 설거지나 빨래를 할 때는 한겨울에도 기어코 찬물만 쓰게 했다. 변실금이 심한 당신의 속옷을 빠는 일에 있어서도 그랬다. 물론 속옷을 빠는 것은 서비스에 포함되어 있지 않은 항목이었지만, 당장 용변 실수를 저지른 노인을 앞에 두고 별도리가 있겠는가. 우연히 들여다본 뮤 할머니의 휴대폰에는 내 번호가 '아줌마'로 저장되어 있었다. 서운했지만 할말은 없었다. 할머니에게 나는 집에서 일보는 아줌마가 맞으니까.

　속상하고 화도 나지만 노인네들 앞에서는 입을 다물게 되기 마련이었다. 사는 방식이 그거 하나뿐이라고 믿어 의심치 않는 이들이니까. 어지간한 일은 참고 견뎠고 애써 모른 척했다. 하지만 마음속에서 완전히 잊히진 않았다. 나도 모르는 사이에 가슴 한편에

켜켜이 쌓인 부정적인 감정이 일하는 내내 나를 괴롭혔다. 선뜻 다정해지는 것이 어려웠고 가볍게 웃어넘기기가 쉽지 않았다. 그럼에도 나는 내가 돌보는 할머니들을 사랑한다고 늘 생각해왔는데 그 이유는…… 그러지 않으면 이 일을 지속하기가 어렵기 때문이었다.

정말이지 나는 이 일을 잘하고 싶었다. 돈을 버는 것도 물론 중요했다. 하지만 남들보다 잘할 수 있는 일이 생겼다는 건 내게 있어 다른 차원의 문제였다. 사회에 드디어 비집고 들어갈 자리를 마련했다는, 야트막한 기쁨을 느끼게 해주었기 때문이었다. 회사를 다니던 시절 항상 같은 문제를 걸고 넘어지는 상사에 대한 불만을 친구에게 토로한 적이 있다. 그때 그 친구는 내게 이렇게 말했다.

"희지야, 자꾸 반복해서 문제가 발생한다면 그건 네 업무 역량에 하자가 있는 거야."

친구는 아무렇지 않게 '하자'라는 단어를 사용했고 원한다면 내 업무 프로세스를 교정해줄 수 있다고 했다. 그건 진심어린 호의였다. 무사히 사회에 적응해 안정적인 궤도에 올라탄 친구의 피드백. 나는 언젠가부터 내가 사회 속에 무사히 편입되지 못한 채 그 주변을 겉도는 사람이라는 걸 아주 잘 인식하게 되었다.

성당에 도착했을 때는 막 미사가 끝난 다음이었고 사람들이 삼삼오오 모여 예배당 밖으로 쏟아져나오고 있었다. 나는 그들 사이에서 두부 할머니를 찾으려고 애를 썼지만, 도통 보이지 않았다. 날이 어둑해지기도 했고 빠르게 지나가는 사람들 사이에서 인상 착의도 기억나지 않는 할머니를 찾기란 쉬운 일이 아니었다. 나는 무작정 성당에 들어가 남아 있는 사람들의 얼굴을 살피며 이리저리 돌아다녔다.

맨 앞자리에서 백발을 하나로 질끈 묶은 노인이 무릎을 꿇고 손을 모은 채 기도를 드리고 있었다. 나는 순간 그 사람이 두부 할머니인 줄 알고 미사포로 가려진 얼굴을 유심히 들여다보았다. 한참 기도를 드리던 노인은 손을 내리고 눈을 뜨자마자 나를 보고 깜짝 놀라 작게 소리를 질렀다.

"어머."

"죄송해요. 아는 사람인 줄 알고."

"놀래라. 뭐, 그럴 수도 있죠."

"혹시…… 이순이 할머니라고 아세요?"

내 물음에 노인은 이순이, 이순이…… 중얼거리며 골똘히 생각에 잠겼다. 그러다 짧은 탄성을 뱉으며 미소를 지은 뒤 내 양손을 맞잡았다.

"알았다. 우리 루시아 자매님 며느리구나."

"네?"

"저는 마리아예요. 익히 들었어요. 자매님한테 그렇게 열과 성을 다하신다고."

"아, 저는……"

"오늘 미사 보러 온다더니 안 왔네. 원래 한 번도 빠짐없이 오시는데."

"안 오셨어요?"

"응. 왜요? 어디 갔는지 몰라? 내가 전화해볼까?"

"아니요, 괜찮아요."

주머니에서 휴대폰을 꺼내드는 마리아 할머니에게 괜찮다며 과장되게 손사래를 쳐 보였다. 지금 전화를 걸면 내 주머니에서 벨소리가 울릴 텐데 그거야말로 참 당황스러운 상황이었다. 게다가 이미 며느리라는 오해까지 받은 터라 이 상황을 바로잡기보다는 빨리 자리를 뜨는 게 쉬운 해결책일 듯싶었다.

"저는 이만 가볼게요. 저녁을 차려야 해서."

"그런데 나 말이지, 궁금한 게 있어요."

"네?"

"왜 그렇게까지 잘해줘요? 솔직히 상부한 지 오래됐잖아."

상부라…… 입말로는 처음 들어보는 단어라 맥락을 파악하는 데 꽤 오랜 시간이 걸렸다. 그러니까, 수영씨의 남편이 죽은 지 오래되었다는 말이겠지. 수영씨의 남편이라 함은 두부 할머니의 아들일 거고. 전혀 몰랐던 사실이었다. 두부 할머니도 수영씨도 그런 말은 내게 하지 않았다. 어쩌면 할 필요도 없고 들을 필요도 없는 말이었을지도. 나는 그저 고용된 사람일 뿐이니까.

그렇다고 하더라도 나는 수영씨가 직접 들었다면 했을 말을 마리아 할머니에게 해주고 싶었다. 그게 내가 할 수 있는 최소한의 마음 씀이라는 생각이 들었기 때문이었다. 나는 잠시 침묵하다가 마리아 할머니에게 속삭였다.

"제게 잘해주셨으니까요."

그런 다음 조용히 마리아 할머니의 미사포를 걷어 손에 쥐여준 뒤 그 자리를 빠져나왔다. 다시 언덕을 오를 차례였다. 아파트에 가서 간단한 저녁식사를 차려놓고 할머니를 기다려야 했다.

*

어린잎을 씻어 접시에 먹을 만큼 올리고 아까 사 온 모두부를 숭덩 썰어 올려놓았다. 그리고 달큰한 간장 소스를 만든 뒤 한 바퀴 반을 둘러주면 두부 샐러드가 완성되었다. 두부 할머니는 저녁을 간단하게 차려 드시니까. 한 그릇을 만들어 식탁에 올려둔 다음 반대편에 가만히 앉아 있었다. 그러다 문득 허기를 느끼고 벌떡 일어나 다시 주방에서 한 그릇을 더 만들어 왔다.

"잘 먹겠습니다."

공허한 인사말이 주인 없는 빈집의 공기 중으로 흩어졌다. 젓가락으로 두부를 집어먹었다. 고소하고 담백한 두부의 맛에 정신이 조금 맑아지는 것 같았다. 사람이 참 간사했다. 그 와중에 집주인에게서는 연락 한 통 없었다. 왜 항상 이렇게 나만 안달난 걸까? 이 지경까지 온 게 정말 전부 내 잘못일까? 내가 만든 프로세스는 어디에서부터 망가졌던 것일까?

당장 해결될 수 없는 의문들이 가득한 상태로 허겁지겁 샐러드를 욱여넣었다. 그리고 휴대폰을 들어 천천히 숫자판을 눌렀다. 112…… 너무 늦은 걸까. 분명 늦은 거겠지. 하지만…… 그래도…… 그 순간, 수영씨에게서 전화가 걸려왔다. 멍하니 휴대폰에 뜬 그 이름을 바라보고 있다가 간신히 통화 버튼을 누른 뒤 전화를 받았다.

"여보세요?"

"희지씨."

"네."

"어머니한테 초콜릿 사다주지 말라고 했잖아요."

"네."

"속상하게 왜 자꾸 그러세요?"

"죄송해요."

"내가 희지씨 일 잘하는 거 모르는 거 아니에요. 그런데 가만 보면 마음이 너무 약하다니까."

"다음부턴 안 그럴게요."

"어머니는……"

"주무세요."

"네?"

"오늘 늦게까지 저랑 같이 있었거든요. 그냥 저도 시간이 남기도 해서 같이 있고 싶어서요. 그런데 미사 보고 오시더니 일찍 잠드시더라고요. 그래서 저도 이만 가려고요. 추가 수당은 안 주셔도 돼요."

"그게 무슨……"

정적이 흘렀다. 결국 거짓말을 하고야 말았다. 사실대로 말해야 한다고 생각했는데, 막상 수영씨랑 통화를 시작하니 그게 마음처럼 되지 않았다. 한번 뱉은 거짓말은 막힘없이 유려하게 술술 나왔다. 꼭 진짜인 것처럼. 수영씨는 한동안 아무 말도 하지 않다가 나직한 음성으로 내 이름을 불렀다.

"희지씨."

"네."

"어머님은 저랑 같이 있어요."

"네?"

"낮에 제가 차 태워서 병원 모시고 갔다가 우리집으로 간다고 말했잖아요."

"……그랬나요."

수화기 너머로 목소리가 잘 들리지 않아 건성으로 대답했던 것이 불현듯 떠올랐다. 나는 더이상 수치스럽지도 않았고 서럽지도 않았다. 그냥 딱딱하게 굳어버렸을 뿐이었다.

"희지씨."

"네."

"다 괜찮아요. 다 괜찮은데……"

무언가 말을 하려다 말고 한숨을 깊게 내뱉은 뒤 수영씨와 나 사이에 침묵이 흘렀다. 나는 완벽하게 전의를 상실한 채로 수영씨에게 속삭였다.

"저는 최선을 다했는데요."

"희지씨. 그러지 말아요. 최선을 다하지 말라고요. 우리는 아무 사이도 아니에요. 정말로. 그래서 괜찮은 거예요."

수영씨는 아마 모르겠지. 내가 할머니를 찾기 위해 오늘 내내 어디를 어떻게 쏘다녔는지. 그리고 어떤 마음으로 스스로를 들쑤시고 자책했는지. 그건 아무래도 상관없었다. 수영씨가 알아야 될 건 아니니까. 하지만 내가 느끼는 이 이상한 기분, 모멸감 같은 것들은 도대체 어떤 회로를 거쳐야 다스릴 수 있는 것일까? 나는 모든 일에 진심을 다했지만 그럼으로써 깎이는 마음을 도로 채우는 법은 도무지 몰랐던 것 같다. 게다가 사람들에게 내가 가진 취약한 부분을 너무도 쉽게 들키고야 말았다. 누구도 내게 그런 식으로 말할 수 없도록 나를 지키는 건 나 자신이 해야 할 일이었는데.

전화를 끊고 반대편에 있던 샐러드 그릇을 마저 끌어왔다. 그리고 그것을 아주 천천히 먹어치우기 시작했다. 내일이면 아무 일도 없었던 것처럼 다시 이곳에서 두부 할머니를 마주하고 주말에는 교육장에 가서 아무것도 모르는 예비 시터들에게 돌봄 노동의 가치와 책임의 범위를 운운하겠지. 나는 그저 내가 가진 최소한의 것들만을 지키고 싶었는데. 영주와 함께하는 자취방에서의 생활과 내 작고 높은 자부심 같은 것들. 그렇게 생각하며 샐러드 그릇을 설거지하다가…… 문득 내가 지키고자 했던 그 최소한의 것들이 내가 가진 전부라는 것을 인정할 수밖에 없었다. 그러니까 나는 그 최소한의 것을 지키기 위해, 오롯이 그러기 위해, 온 힘을 다해서 살아야만 하는 것이다.

두부 할머니의 휴대폰을 식탁 위에 올려놓고 한참을 바라보았다. 그리고 잠시 고민하다가 통화 목록에 찍혀 있는 '며느리♥'에게 전화를 걸었다. 신호음이 몇 번 울리고 수영씨가 전화를 받았다.

"여보세요?"

"수영씨, 할머니 좀 바꿔주세요."

"왜요?"

"할말이 있어요."

"저한테 하세요."

"아니요. 할머니한테 할말이 있어요."

"제가 보호자인데요."

"그래서요?"

"하. 당신 정말……"

수영씨의 언성이 높아지려던 찰나 수화기 너머로 두부 할머니의 목소리가 들렸다. 수영씨와 할머니가 아웅다웅하는 소리가 들리더니 결국 할머니가 휴대폰을 바꿔 들었다.

"희지?"

"할머니."

"내가 전화기를 놓고 가서…… 많이 놀랐겠다."

정말 나를 위해주는 것만 같은, 그 다정한 목소리를 듣는 순간 터져나올 것만 같은 눈물을 꾹꾹 참고 할머니에게 말했다.

"할머니, 전화번호 아직 못 외웠죠?"

"그렇지."

"내일 또 외우는 거예요."

"그래, 알았다."

"그게 우리가 해야 할 일이에요."

그렇게 말하고 할머니가 별다른 대답을 하기도 전에 전화를 끊어버렸다. 나는 나름대로 할머니와 나 사이에 어떤 의의를 두고 싶었다. 함께 할 일을 만들면 결국은 같이 무언가를 하게 된다는 그 단순한 흐름이 우리 사이에 지속된다는 것을 재차 확인하고 싶었다. 나는 문득 할머니의 휴대폰에 내 이름이 어떻게 저장되어 있는지 궁금했다. 전화번호부 앱에 들어가보니 '희지'라고 저장되어 있었다. 마치 백지처럼. 유희지도 아니고, 아줌마도 아닌 담백한 나의 이름, 희지. 나는 그걸 본 순간 앞으로 우리가 해야 할 즐거운 일들이 아주 많이 떠올랐다.

일괄
비일괄

윤치규

○
윤치규

2021년 조선일보와 서울신문 신춘문예를 통해 작품활동을 시작했다. 소설집 『러브 플랜트』가 있다.

선미는 약속 시각에 늦어버렸다. 지선의 아파트는 남부순환로를 타고 남쪽으로 한참을 가야 했다. 운전에는 어느 정도 익숙해졌지만 길을 찾는 일은 여전히 어려웠다. 삼백 미터 앞에서 오른쪽 진입로로 주행하라고 해도 그게 어느 정도 앞인지 감이 오지 않았다. 지도상에 목적지가 보여 나들목으로 들어갔다. 나선형 도로를 돌아 나가면 지선의 아파트와 연결되어 있을 것 같았다. 그곳이 나들목이 아니라 분기점이라는 걸 깨달았을 때는 내비게이션이 이미 위치 정보를 잃어버린 후였다. 새로운 경로를 찾지 못하고 우왕좌왕하는 사이 눈앞에 두 개의 갈림길이 나타났다. 속도를 줄이자 뒤따라오던 차가 경적을 울렸다. 그렇게 떠밀리듯 직진하니 이번에는 터널이 나왔다. 터널은 한참을 달려도 끝이 보이지 않았다. 선미는 무언가 잘못됐다는 걸 깨달았지만 터널 속에서 차를 돌릴 방법은 없었다.

터무니없이 늘어난 예상 도착 시간을 보자 선미는 속이 상했다. 지선과 몇 년 만에 만나는 건데 결국 늦어버렸다. 여유 있게 출발하지 못한 건 단추 때문이었다. 미리 골라놓았던 캐시미어 코트를 입는데 단추가 갑자기 떨어졌다. 올해 큰맘 먹고 산 이후로 지금까지 딱 한 번 입은 옷이었다. 코트를 바꾸면 니트와 치마, 구두와 가방까지 처음부터 모든 걸 다시 골라야 했다. 옷장 속에는 예전에 산 옷들밖에 없었다. 한참 말랐을 때에 입던 거라 지금은 전부 어딘가 끼고 불편했다. 거울 앞에서 다른 외투를 몇 벌 걸쳐보다가 그나마 품이 넉넉한 무스탕을 골랐다. 올 초까지만 해도 조금 크다 싶었는데 지금은 딱 맞았다. 선미는 어쩐지 단추가 떨어진 게 갑자기 체중이 불어난 탓인 것만 같았다. 자기 잘못이 아니라는 것을 알면서도 꼭 그런 식으로 자책하는 것은 훈련의 산물이었다.

"원래 있는 문제라는 건 없어요. 문제는 발견하는 겁니다. 선미씨도 이제 과장이니까 문제가 드러나기 전에 미리 찾아내야 해요."

며칠 전 주간 회의가 끝나고 노부장이 심기가 불편한 표정으로 선미를 따로 불러냈다. 언제나 맡은 업무에 최선을 다하는 모습이 보기 좋다는 격려로 시작한 면담은 피동적인 태도를 버리고 조금 더 적극적으로 책임감을 가지라는 훈계로 끝났다. 노부장이 화가

난 이유는 정규직으로 일괄 전환된 사무지원직 중 누구도 지사 근무를 자원하지 않았기 때문이었다. 본사 근무자를 줄이고 지사 직원을 늘려야 한다는 지침에 따라 그룹별로 내보내야 할 인원이 할당됐다. 표면적인 목적은 현장 민원 업무의 효율성 제고였으나 실제로는 무리하게 진행된 정규직 일괄 전환 때문에 총 인건비 부담이 커져 사업부별로 비용을 절감하려는 것이라고 소문이 났다.

노부장은 며칠 동안 자발적으로 신청자를 모집했다. 전환된 사무지원 출신 직원마다 면담 요구를 하며 압박을 넣기도 했다. 그런데도 지원자가 없자 이번에는 선미를 불러 다그쳤다. 선미는 일괄 전환으로 정규직이 된 직원이 아니었으므로 암묵적인 지사 발령 대상에 포함되지도 않았다. 그나마 관련이 있다면 처음에 사무지원직으로 회사에 들어왔다는 것뿐이었다. 하지만 선미는 치열한 시험과 면접 그리고 심사를 통과해 정규직으로 전환되었다. 당시에는 선발된 인원만 정규직 전환이 되었는데 그룹 내에서 일 년간 단 한 명도 나올까 말까 했다. 선미는 입사하고 칠 년 만에 정규직으로 전환되었고 사무지원으로 일하던 기간의 퇴직금까지 정산받았으며 직원 번호도 새롭게 부여받았다.

노부장은 선미를 모든 사무지원 출신 직원의 대표로 여겼다. 일괄 전환된 사무지원직들과 갈등이 생기면 선미가 중심을 잡고 제 역할을 해야 한다고 몰아붙였다. 선미는 노부장의 말에 습관적으로 고개를 끄덕이면서도 자신에게 정말로 그럴 권한이 있는지 생각했다. 그들은 선미를 딱히 선배로 여기지도 않았다. 오히려 비일괄이라고 지칭하며 자신들과 구분 지으려고 했다. 일괄 전환된 직원들은 선미와 적용받는 호봉 테이블이 달랐고 직원 번호도 그대로였으며 직무 또한 전과 똑같았다. 정규직이 됨으로써 정년을 보장받고 승진도 기대할 수 있게 되었다곤 하나 그전에도 이미 무기 계약직이었고 제한적이지만 선미처럼 시험을 통과하면 정규직으로 전환될 수도 있었다. 하지만 정부 정책 기조의 변화로 모든 사무지원직은 개인의 의사와 상관없이 이름뿐인 정규직이 되었다. 게다가 회사는 그걸 빌미로 그들에게 지사 근무를 강요했다. 선미는 회사의 처우가 부당하다고 생각했지만 한편으로는 어쩔 수 없는 일이라고 체념했다.

아파트 정문에는 무인 차단기가 설치되어 있었다. 검정 바탕에 노란색 줄무늬가 그려진 길고 커다란 막대기가 출입구를 가로막고 있었다. 선미는 그 앞으로 천천히 다가가며 경비실이나 호출기 같은 게 있는지 찾아봤다. 다행히 옆에 설치된 감지기가 차량 번호를 인식하자 사전 등록된 방문 차량이라는 메시지가 뜨면서 차단기가 올라갔다. 정문은 곧바로 지하 주차장과 연결되어 있었다. 503동이라고 적힌 표지판 앞에 지선이 보였다. 어린아이처럼 제자리에서 뛰며 손을 흔들던 지선은 차에서 내린 선미를 두 팔로 껴안고 소리를 질렀다. 이게 얼마 만이냐고 반복해서 묻는 목소리가 주차장 가득 울렸다. 선미는 이렇게 반가워하는 지선을 보자

더 미안한 마음이 들었다.

"늦어서 미안해. 아무리 달려도 유턴할 데가 없는 거야. 그게 말이 돼?"

"거기는 고속화도로잖아. 너 하마터면 수원까지 갔다 올 뻔했어."

"그러니까 그게 이상하잖아. 길을 잘못 든 사람은 도대체 어떻게 하라는 거야?"

선미가 입을 삐죽 내밀고 툴툴거렸다. 지선은 과장되게 배를 붙잡으며 웃었다. 선미는 미안하다고 다시 한번 사과하면서 뒷좌석에서 쇼핑백을 꺼냈다. 지선의 딸인 다혜에게 주려고 가져온 빨간색 목도리와 장난감 병원 세트였다. 지선은 선물을 받아 쾌활하게 흔들어 보이더니 이내 마음 한편에 근심이 솟은 것처럼 갑자기 한숨을 내쉬었다. 의아해진 선미가 무슨 일이 있느냐고 묻자 다시 표정을 바꿔 애매한 미소로 대답을 대신했다. 지선은 선미를 승강기로 안내하면서 회사가 요즘 어떤지 물었다. 선미가 모든 게 다 똑같다고 자조하자 조금 더 자세히 들려달라며 매달렸다. 선미는 그렇게 궁금해할 거면서 왜 복직하지 않았느냐고 농담을 섞어 쏘아붙였다.

"노팀장은 여전히 노답이지? 아니 그 사람은 어떻게 그럴까?"

"이제 부서장이야. 그리고 그 인간의 유일한 장점은 절대 변하지 않는다는 거고. 우리는 공기업이니까 아무래도 변화를 리스크로 여기잖아. 그런 의미에서 노부장은 회사가 원하는 최고의 인재인 거야."

"그럼 설마 아직도 그 지긋지긋한 넥타이 하고 다녀?"

"넥타이? 어떤 거? 보라색에 주황색?"

두 사람이 같이 근무했던 시절 노부장의 넥타이는 그를 흉볼 때마다 등장하는 단골 소재였다. 노부장이 넥타이를 바꾸는 날에는 을지로의 분위기 좋은 와인 바에 가서 아르헨티나 말벡 중에 가장 비싼 걸 마시기로 약속까지 했었다. 아르헨티나 말벡은 두 사람이 베트남으로 여행 갔을 때 호텔 라운지 바에서 마신 와인이었다. 두 사람은 매년 함께 갈 해외여행을 계획했지만 실제로 실행에 옮길 수 있었던 건 입사하고 삼 년 만이었다. 처음 목적지는 이탈리아였지만 경제적인 이유로 하와이로 싱가포르로 몇 번 더 계획이 바뀌다가 결국 최종적으로 베트남이 되었다. 두 사람은 첫 여행이 계획보다 초라해진 걸 위로하기 위해 호텔 라운지 바에 가서 와인을 마시기로 했다. 와인 한 병만큼은 아무것에도 구애받지 말고 고르자고 결심했으나 막상 메뉴판을 보니 어떤 걸 주문해야 할지 난감했다. 그때 마침 출장중이라며 말을 걸어온 한국인 남자가 아르헨티나 말벡을 추천해줬다. '흘러간 세기의 위대한 여행자'라고 불린다는 설명이 어쩐지 근사했다. 그날 밤 두 사람은 와인에 취해 여행 첫날을 만끽했다. 그리고 그때 와인을 추천해준 남자는 지금 지선의 남편이 되었다.

"다혜 많이 컸지? 돌잔치 때 본 게 마지막인 것 같네. 이제 여섯

살인가?"

"말 못 할 때가 좋았어. 다혜는 너무 엉뚱해."

"얼굴은 네 남편이랑 똑같은데 성격은 널 닮았나보네."

"아니야. 남편 닮은 게 아니라 알고 보니까 시어머니를 빼다박은 거였어. 지금은 시어머니보다 훨씬 심하게 군다니까. 나 진짜 너무 힘들어."

지선은 선미를 지상으로 데려갔다. 곧 다혜가 유치원에서 돌아올 시간이었다. 두 사람은 공동 현관을 지나 키즈 스테이션까지 함께 걸었다. 산책로를 따라 걷는데 주변이 전부 공원이었다. 선미가 자신도 이런 신축 아파트에 살고 싶다고 부러워하자 지선이 아이를 키우려면 환경이 중요하다며 말을 거들었다. 선미는 어렸을 때 살았던 동네를 잠시 떠올렸다. 그곳은 골목이 비좁은 빌라촌이었는데 고무줄놀이를 하다가도 사람이 지나가면 한편으로 비켜서야 했고 울퉁불퉁하게 포장된 아스팔트를 내려다보며 깨진 유리 조각을 피해 다니거나 모퉁이를 돌 때 달려드는 차가 없는지 늘 확인해야 했었다. 선미는 자신도 만약 결혼하여 아이를 갖는다면 이런 동네에서 키우고 싶었다.

"선미야, 혹시 다혜가 오빠라면서 누구를 소개하면 그냥 그러려니 해줘."

"그게 무슨 말이야? 다혜한테 오빠가 있었어?"

"오빠 같은 건 없어. 하지만 분명히 오빠라면서 너한테 소개해

줄 거야."

선미는 지선이 무슨 말을 하는지 이해할 수 없었다. 지선은 조금 더 자세히 설명하려다가 포기하고 입을 닫았다. 그 대신 한쪽 입꼬리를 억지로 끌어올려 알 수 없는 미소를 지었다. 선미가 자꾸 캐묻자 이번에는 조금 더 큰 한숨을 내쉬었다.

"다혜는 항상 오빠 타령이야."

"오빠가 있으면 좋겠대?"

"그런 게 아니라 오빠가 진짜 있다고 고집을 부려. 내가 어디에 있냐고 하면 허공을 가리키면서 봐봐, 여기 있잖아, 이런다니까? 정말 내가 미쳐버릴 것 같아."

선미는 어릴 때 흔히 하는 가벼운 놀이일 거라고 생각했다. 하지만 지선이 저렇게까지 말하는 걸 보면 상황이 심각한 것 같았다. 병원이라도 가봐야 하는 것 아니냐고 말하려다가 곧바로 입을 다물었다. 그런 말은 지선이 예전에 정규직 전환 심사에 통과하지 못했을 때 노부장이 위로라고 건넸던 말만큼이나 쓸모없는 조언일 게 분명했다.

"동생도 아니고 오빠를 도대체 어떻게 만들어?"

"오빠 있는 애들이 부러웠나보다."

"내 배에서 나왔어도 하여간 도대체 무슨 생각을 하는지 모르겠어."

키즈 스테이션 앞으로 노란색 봉고차 한 대가 다가와 멈췄다.

벤치에 앉아 아이를 기다리던 학부모들이 일제히 일어나 셔틀 차량 앞으로 모였다. 차 문이 열리고 먼저 내린 선생님이 아이를 한 명씩 들어 인도 위에 올렸다. 아이들은 발이 닿자마자 엄마를 찾으며 달려갔다. 선미는 그중에 다혜가 있는지 살펴봤다. 다혜는 차에서 가장 마지막에 내렸다. 선생님이 겨드랑이를 붙잡고 조심히 인도 위에 내려주었는데도 곧장 달려오지 않고 자동차 안쪽을 지켜봤다. 선생님이 잠시 머뭇거리다가 허공에 손을 뻗어 누군가를 인도에 내려놓는 척하자 다혜는 그제야 고개를 돌려 지선을 바라봤다. 분홍색 후드 점퍼에 소리 나는 운동화 차림의 다혜가 발을 세게 구르며 여느 아이처럼 해맑게 달려왔다. 지선은 다정하게 다혜의 책가방을 들어주었고 오늘 유치원이 어땠는지 물었다. 다혜는 즐거운 표정으로 재밌었다고 씩씩하게 대답했다. 그 모습이 영락없는 여섯 살짜리 꼬마라고 생각하고 있는데 다혜가 곧바로 고개를 돌려, 재밌었지 오빠? 라고 묻는 바람에 선미는 자신도 모르게 표정이 굳어버렸다.

"어머! 다혜야, 이게 얼마 만이니? 혹시 이모 기억해?"

선미는 최대한 밝은 표정으로 다혜에게 인사했다. 억지로 몸을 끌어안자 다혜는 인형이 된 것처럼 꼼짝하지 않았다. 지선이 공손하게 인사하라고 낮은 목소리로 꾸짖었다. 선미의 품에서 빠져나온 다혜는 대답 없이 두 손을 배꼽 앞에 모으고 허리를 숙여 인사했다. 503동에 도착해 승강기를 타고 이십칠층으로 올라가는 동안에도 다혜는 선미를 의식하지 않았다. 오빠와 대화를 나누고 있는지 계속 작은 목소리로 허공을 향해 속삭일 뿐이었다. 집안으로 들어가 지선이 신발 벗는 것을 도와주려고 하자 오빠가 해줄 거라면서 손을 뿌리쳤다. 지선은 선미에게 들리도록 한숨을 내쉬었다.

다혜는 신발을 벗으면서 실제로는 없는 오빠에게 말을 걸었다. 응? 여기를 이렇게 하라고? 알겠어. 내가 할게. 아니야. 내가 할 수 있어. 오빠가 도와줄 거야? 고마워. 오빠도 신발 벗어. 내가 도와줄게. 알겠어. 여기 앉아. 다혜의 연기는 진짜 옆에 오빠가 있는 것처럼 실감났다. 신발을 다 벗고 손을 씻기 위해 화장실 쪽으로 걸어가서는 지선이 도와주지 않아도 혼자 까치발을 들어 화장실 문고리를 내리고 안으로 들어가서 슬리퍼를 신었다. 이런 분야에 해박한 것은 아니지만 선미는 그래도 다혜가 다른 아이들에 비해 모든 행동이 능숙하다고 느꼈다. 혼자 씩씩하게 유아용 계단을 딛고 올라가 펌핑 용기에 든 물비누를 눌러 짜 손을 씻는 모습에는 나름의 절차와 순서가 있었다. 진짜 오빠가 옆에서 하나하나 챙겨주기라도 하는 것처럼 보였다. 다혜는 손을 다 씻고 나와 화장실 바로 앞에 설치된 수납장에서 수건을 꺼내 물기를 닦았다. 오빠의 손을 닦아주는 것처럼 허공에 대고 수건을 흔들었다. 그 모습을 보자 지선은 골치가 아픈지 손바닥으로 머리를 감쌌다. 선미는 들고 있던 쇼핑백에서 빨간색 목도리를 꺼내 다혜에게 보여줬다.

"짜잔! 이모가 다혜 주려고 목도리 사 왔어요. 어울리는지 한

번 해볼까?"

다혜는 목도리에 관심이 생겼는지 곁눈질로 힐끔 보더니 선미에게 되물었다.

"오빠 거는?"

"최다혜! 적당히 해! 얼른 감사합니다, 하고 안 받을 거야?"

지선의 목소리에 날이 섰다. 다혜는 조금 놀란 듯 어깨를 움츠렸다. 하지만 곧바로 전혀 다른 소리를 했다.

"오빠랑 만화 볼래."

"만화는 아침에도 봤잖아. 엄마랑 하루에 한 시간만 보기로 약속했지?"

"오빠는 못 봤어."

다혜는 그렇게 말하고 자기 방으로 걸어갔다. 선미가 따라가 보니 방안에는 장난감이 가득했다. 한쪽 벽에는 인형이 쌓여 있고 그 맞은편에는 그림책과 블록들이 아무렇게나 널브러져 있었다. 다혜는 계단을 밟고 울타리가 쳐져 있는 어린이용 침대에 올라갔다. 푹신한 매트리스 위에서 몇 번 뛰다가 제자리에 앉아 전원이 꺼진 태블릿 PC를 쳐다봤다. 지선이 우유와 간식을 들고 따라 들어갔다. 다혜는 자주 그곳에서 만화를 보는지 익숙한 자세로 태블릿이 켜지기를 기다렸다. 지선이 전원을 켜주지 않자 다혜는 계속 만화를 틀어달라고 졸랐다. 지선은 딱 한 시간만이라고 으름장을 놓고 만화를 틀어주었다. 다혜는 신이 나서 엉덩이를 들썩거리며 애니메이션 주제가를 발랄하게 따라 불렀다.

지선은 선미를 거실에 두고 주방으로 들어갔다. 그동안 선미는 폭신한 소파에 앉아 집 내부를 둘러봤다. 아이가 있는 집답게 바닥에 고무 매트가 깔려 있었고 여기저기 낱말 카드가 떨어져 있었다. 거실 한쪽 벽이 온통 다혜의 사진으로 꾸며져 있는 게 눈에 들어왔다. 태어나자마자 산부인과에서 찍은 사진부터 오십 일, 백일, 돌 사진 같은 순서로 다혜의 성장 과정이 전시되어 있었다. 사진을 보다보니 문득 지선의 결혼식 사진이 보고 싶어졌다. 스물아홉 살 시절의 자신이 어떤 옷을 입고 있었는지. 그날 지선이 어떤 표정을 짓고 있었는지. 잠시 거실로 나온 지선은 결혼식 사진을 찾으려면 한참 뒤져봐야 한다면서 발코니 쪽을 가리켰다. 그곳에는 커다란 상자 여러 개가 아무렇게나 쌓여 있었다. 이사오고 나서 아직 짐을 풀지 못한 것인지 아니면 곧 이사하려고 짐을 싸둔 것인지 알 수 없는 꾸러미였다. 선미가 왜 그런 곳에 결혼식 사진이 있느냐고 하자 지선은 자기가 신혼인 줄 아나본데 그런 사진 자주 보면 정신 건강에 좋지 않다면서 깔깔거렸다.

지선의 결혼식에서 가장 기억에 남은 건 신부의 아버지가 남편에게 신부의 손을 넘겨주던 장면이었다. 선미는 무대 앞쪽 하객석에서 아름다운 드레스를 입고 걸어오는 지선을 지켜봤다. 지선은 아버지의 손을 붙잡은 채 울고 있었다. 딸이 울어서 그런지 아버지가 신부보다 더 긴장한 것처럼 보였다. 아버지는 조심스럽게 걸음을 내디디며 신랑이 있는 곳까지 지선을 이끌었다. 신랑은 지선의 아버지에게 고개 숙여 인사하고 손을 넘겨받으려고 했다. 사회자가 이제 손을 넘겨주라고 안내하자 객석의 박수 소리가 더욱 커졌다. 그런데 아버지는 딸을 넘겨주지 않고 오랫동안 시간을 끌었다. 지선에게 귓속말로 뭐라고 말을 했고 신랑과 잠깐 대화를 나눴다가 나중에는 사회자를 멀뚱히 처다보기도 했다. 예정에 없이 지체되는 상황에 사회자가 인제 그만 딸을 넘겨주시라고 다그쳤고 하객들은 웃음을 터뜨렸다. 한참이나 두 사람 앞에 서 있던 신랑이 결국 억지로 빼앗듯이 지선의 손을 붙잡았다. 아버지는 당황해하며 무대 중앙에 덩그러니 서 있다가 예식 도우미의 안내를 받으며 혼주석으로 향했다. 선미가 그날의 기억을 꺼내자 지선이 고백했다.

"그분 사실 작은아빠야. 귀가 좀 안 좋으시거든. 사회자가 손을 넘겨주라고 말하는 걸 못 들으신 거 같아. 아직도 그 일로 나한테 미안하다고 사과하셔."

"그분이 작은아빠라고?"

선미는 그렇게 놀라고 곧바로 후회했다. 할 수만 있다면 말을 주워 담고 싶었다. 자세히 기억나지는 않지만 언젠가 지선에게 아버지와 관련된 우울한 이야기를 들은 적이 있었던 것 같았다. 지선은 자연스럽게 자리를 뜨며 화제를 정리했고 이내 주방에서 음식을 가지고 왔다. 티테이블 위에 크림치즈와 크래커, 토마토와

블루베리, 마요네즈와 후추를 뿌려 버무린 참치 등을 올려놓은 지선이 카나페를 만들자고 했다. 그러고는 와인 셀러에서 아르헨티나 말벡을 한 병 꺼내왔다. 들뜬 목소리로 와인병을 흔들며 이거 기억하냐고 묻더니 병을 돌려 선미에게 라벨을 보여줬다. 그 와인은 베트남에서 마셨던 와인과 생산 연도는 다르지만 브랜드가 같았다.

지선이 선미에게 와인을 따라주었다. 선미가 차를 가져왔다고 사양했지만 대리기사를 부르면 되지 않냐며 일부러 더 넘치게 따랐다. 지선은 먼저 숟가락으로 양념 된 참치를 떠 크림치즈와 함께 크래커에 발랐다. 입에 넣고 씹자 바삭한 크래커가 부서지면서 맛있는 소리가 났다.

"이제 계약직은 안 뽑는다면서? 그럼 노부장도 이제 말끝마다 전환, 전환 못 하겠네? 그거 정말 듣기 싫었는데. 지금 생각하면 왜 그런 말에 휘둘렸는지 모르겠어. 전환되지 않으면 마치 인생이 실패하는 것처럼 계속 세뇌했잖아."

지선은 연수원 시절부터 동기 중에 모든 방면에서 가장 뛰어났다. 교육 내내 상위권 성적을 유지하다가 결국 최우수 상장을 받았다. 사내에는 동기끼리 같은 부서에 배치되면 사이가 좋을 수 없다는 속설이 있었는데 선미는 지선과 같은 곳으로 발령 났을 때 오히려 잘됐다고 생각했다. 상대가 지선이라면 경쟁의 의미가 없을 것 같았다. 실제로 지선은 입사하자마자 기획팀으로 발탁되어

본부장실 바로 앞자리를 배정받았다. 함께 근무하는 동안 전환 심사 추천을 받는 시기가 오면 지선은 늘 최우선 순위에 들었다. 선미는 그걸 자연스럽게 받아들였다. 선미도 정규직이 되고 싶은 욕심이 있었지만 그래도 자신보다 지선이 먼저 전환될 거라고 생각했다. 선미는 전환이 조금 늦어져도 크게 상관없었다. 어차피 계약 기간 동안 특별히 잘못하지 않으면 무기직이 될 수 있었고, 무기직만 되면 나름 안정적이고 괜찮은 직장이라고 할 수 있었다. 다만 누군가가 정규직이냐고 물었을 때 거의 그런 거나 마찬가지라면서 부연해야 하는 것이 조금 불편할 뿐이었다.

"선미야, 노부장이 옛날에 회식 자리에서 다 타버린 삼겹살 골라내면서 나한테 전환 못 할 거면 빨리 결혼이나 하라고 했던 거 기억나? 타이밍 놓치면 이 꼴 난다면서 말이야."

"노부장은 지금도 똑같아."

"요즘도 그런 가스라이팅이 먹혀?"

"신입들한테는 안 먹히지. 근데 나한테는 먹혀. 노부장이 요즘 뭐라고 하는지 알아? 일괄 전환된 사람들한테 무임승차했다고 난리야. 자격도 없는데 전환됐다고. 무임승차하면 벌금이 삼십 배니까, 삼십 배로 일하라고."

"진짜 나빴다. 자기가 시켜준 것도 아니면서 도대체 왜 그러는 거야?"

지선이 분하다는 듯 주먹을 꽉 쥐었다. 선미는 그 모습을 보며 실없이 웃었다. 지선이 결혼하고 난 후에 삼겹살 얘기를 들어야 하는 쪽은 선미가 되었다. 비공식적이었지만 본부장의 비서 역할도 겸하고 있던 지선이 육아휴직으로 자리를 비우자 그 모든 업무를 선미가 고스란히 물려받게 됐다. 그중에는 야유회 자리에서 본부장의 시중을 드는 것도 포함되었다. 본부장이 그런 불편한 의전 같은 것 좀 생략하라고 여러 번 잔소리했지만 노부장은 그때마다 선미가 스스로 원해서 하는 거라며 둘러댔다. 선미는 노부장이 잘 익은 고기를 접시에 모아주면 쌈 채소와 양념장 같은 것을 가지런히 곁들여 소주와 함께 본부장 앞에 가져다놓는 짓을 반복했다. 노부장은 진심으로 그런 일이 전환 심사에 영향을 준다고 믿는 사람이었다.

"솔직히 말하면 너 휴직하고 나서 정말 힘들었어."

"그래도 내가 휴직한 덕분에 너도 잘 풀렸잖아."

"나는 원래 별로 욕심 없었어."

지선이 육아휴직에 들어간 이후 선미의 일은 곱절이 되었다. 반기마다 인사부에 대직 인원을 요청해도 지선이 퇴사한 게 아니라 휴직한 상태이므로 인력 보충이 어렵다는 답변만 돌아왔다. 어쩔 수 없이 선미는 지선이 돌아올 때까지 한쪽에선 지사에서 요청해온 일을 처리하고 다른 쪽에선 본부장이 시키는 온갖 잡무를 봐야 했다. 일과 시간 이후에는 낮에 처리하지 못한 영수증을 정리하고 결산 보고서를 올리느라 야근도 자처했다. 노부장은 공식 석

상에서 선미가 고생한다고 자주 추켜세웠으나 사석에서는 혼자서도 잘해내는 걸 보니 원래부터 여러 명이 필요 없었던 게 아니냐는 식으로 말하기도 했다. 선미는 가끔 화장실에서, 복도 끝 계단에서, 탕비실에서, 나중에는 파쇄기 앞이나 회의실 같은 곳에서도 울음을 터뜨렸다. 하지만 그때마다 주변 사람들은 이렇게 고생하는 게 결국 전환 심사에 유리하게 적용될 거라는 말만 반복할 뿐이었다. 그러는 동안 지선은 육아휴직을 두 번 연장했다. 지선의 퇴직이 결정되고 후임자가 들어온 것은 선미가 심사를 통과해 정규직으로 전환되어 완전히 다른 업무를 맡게 된 이후였다.

"이렇게 될 줄 알았으면 나도 복직할 걸 그랬어. 일괄 전환이라니. 세상 좋아졌다."

"내가 그렇게 돌아오라고 할 때는 들은 척도 안 했잖아."

"그때는 노부장 다시 보는 것도 짜증났고. 또 괜히 돌아가면 네가 불편할까봐."

지선이 소파에 등을 기댔다. 취기가 올라와 두 볼이 빨갛게 상기되어 있었다. 선미는 조금 전 들은 말이 어떤 의미인지 궁금했다. 자신이 불편할까봐 복직하지 않았다니. 선미는 지선이 휴직하는 동안 언제 돌아올 거냐고 자주 물었다. 혹시나 그게 지선에게는 다른 의미로 받아들여졌던 게 아닐까 불길해졌다. 선미가 조심스럽게, 어떤 게 불편할까봐 걱정했다는 것인지 물었다. 지선이 당황하자 조금 더 가까이 다가가 무릎을 쓰다듬으면서 괜찮으니

솔직하게 이야기해달라고 다시 한번 부탁했다.

"그냥 내가 돌아가면 업무도 그렇고 전환도 그렇고, 그런 게 다 꼬일 수 있잖아."

"그게 도대체 무슨 소리야. 나는 정말로 그런 생각은 한 번도 해본 적 없어. 전환 같은 거 진짜 상관없었다고. 혹시 너 진짜로 그거 때문에 안 돌아온 거야?"

"꼭 그런 건 아니지. 그냥 다혜 키우는 것도 힘들었고. 또 시어 머니랑 사이도 안 좋아서 맡길 데도 마땅치 않았고 말이야. 그리 고 너 노부장 알잖아."

지선은 남은 와인을 전부 자신의 잔에 쏟아부었다. 코르크 마개 를 열어놓은 지 오래되어서 새콤했던 향이 전부 날아가고 없었다.

"너는 모르겠지만 나는 노부장한테 매일 이런 소리를 들었어. 선미한테 미안해해야 한다고. 매번 이렇게 밀어주는데 전환도 못 하고 뭐 하는 거냐고. 네가 빨리 전환이 되어야 선미도 기회를 얻 지 않겠냐고. 그런 얘기를 듣고 있다보면 정말 내가 전환되지 못 하는 게 너한테 피해를 주는 일처럼 느껴졌어."

선미는 와인 잔을 내려놓고 얼굴을 두 손으로 가렸다. 무릎을 배까지 끌어당기다가 정강이가 티테이블에 부딪혔지만 아픔도 느 껴지지 않았다. 울고 싶지 않아 숨을 참았다. 코끝이 맵고 어깨가 들썩거려도 눈을 감지 않았다. 지선은 선미에게 괜찮으냐고 물었 다. 선미는 눈가에 고인 눈물을 손바닥으로 훔쳤다. 지선이 다시 한번 괜찮으냐고 묻자 자신이 괜찮은지 한참 동안 생각하다가 도대체 뭐가 어디서부터 잘못된 건지 알 수 없어서 고개를 저었다.

"그래도 난 네가 전환됐다는 소식 들었을 때 정말 기뻤어. 진심으로 축하했어."

지선이 말했다. 선미는 고개를 끄덕였다.

"나도 마찬가지야. 노력한 시간에 대한 보상을 받은 것 같아서 행복했어. 그런데 지선아, 나는 가끔 전환이니 일괄이니 하는 그런 말 몇 마디가 내 인생을 망가뜨린 것처럼 느껴져."

"그래도 이젠 꿀릴 거 없잖아. 네가 일괄로 된 것도 아니고."

"일괄 전환 후로 이제 사무지원은 안 뽑아. 새로 들어오는 직원은 다 정규직이야. 그러니까 이제 회사에는 정규직이랑 전환자만 남아 있는 거야. 우리는 정규직이 된 게 아니라 그냥 전환자가 된 것뿐이라고."

일괄 전환 이후 회사는 신입 사원 채용을 줄였다. 채용 규모가 줄어든 이유를 정확히 알 수는 없었지만 사내에서는 정규직이 늘어나며 모자라게 된 인건비를 충당하기 위해 인원을 적게 뽑는 거라는 소문이 기정사실인 것처럼 퍼져나갔다. 노부장은 그런 소문을 들먹이면서 전환자들에게 더 열심히 해야 한다고 강조했다. 미래 세대의 채용을 줄이면서까지 처우를 개선해주었으니 보답하는 마음으로 더욱 노력해야 한다고. 선미는 그 말을 괜한 소리로 들어넘기면서도 마음 한구석에서는 어쩌면 어느 정도 타당한 말일지도 모른다고 의심하고 있었다.

"너 노부장이 왜 똑같은 넥타이만 하고 다니는지 알아?"

지선의 결혼식날 노부장은 피로연장에 늦게까지 남아 있었다. 팀원 대부분이 도망가서 선미가 불편한 정장을 입은 채로 끝까지 술 시중을 들어야 했다. 노부장은 평소에 술을 많이 마시는 편이 아니었으나 그날만큼은 권하는 사람도 없는데 혼자 마시고 취해버렸다. 눈이 반쯤 풀린 상태로 선미의 이름을 지선으로 잘못 부르기도 했다. 그날 술 취한 노부장은 자신이 똑같은 넥타이만 하고 다니는 이유를 알려주었다. 그건 그 넥타이가 기관장이 선물한 것이기 때문이었다. 근무하면서 언제 기관장을 만날지 모르기 때문에 혹시라도 우연히 마주쳤을 때 그 넥타이를 맨 모습을 보여주려고 그렇게 한다는 것이었다. 선미는 그 이야기를 들었을 때 비웃을 수가 없었다. 언제 마주칠지 모르는 기관장에게 한 번이라도 잘 보이기 위해 매일 똑같은 넥타이를 하고 다닌다는 게 한편으로는 가엽게 느껴졌다. 노부장은 그러면서 자신이 처음 회사에 들어왔을 때의 이야기도 들려주었다.

노부장은 자신이 상고 출신 중 마지막 정규직 세대라고 했다. 노부장이 어렸을 때는 정규직이니 비정규직이니 하는 개념 자체가 없어서 합격하면 그냥 회사원이 되는 거였다. 하지만 비정규직법이 국회에서 통과되고 일 년 후에 들어온 후배들은 일괄로 비정규직이었다. 고작 일 년 차이로 똑같은 고등학교를 졸업했는데 누군가는 정규직이고 누군가는 비정규직이었다. 노부장은 자신도 일 년만 늦게 태어났으면 정규직이 못 됐을 거라고 자조했다. 고작 일 년 후배랑 자기랑 무슨 능력의 차이가 있었겠냐고. 그런 생각을 하면 열심히 안 할 수가 없다고. 열심히 하고 또 열심히 해야지, 안 그러면 그 후배들한테 미안해서 견딜 수가 없다고.

"지선아, 그거 알아? 나는 요즘 내가 노부장처럼 느껴져."

"네가 무슨. 아니야. 절대 안 그래."

"정말 그래. 내가 요즘 툭하면 드는 생각이 뭔지 알아? 나는 언제나 이렇게 열심히 하는데 다들 왜 이렇게 열심히 하지 않을까?"

"너 열심히 하는 건 내가 인정해."

"근데 언제까지 열심히 해야 하는 걸까? 요즘은 내가 하고 싶어서 일을 열심히 하는 게 아니라 뭘 잘못해서 벌을 받는 기분이야."

"네가 뭘 잘못해."

"뭘 잘못한 것만 같아."

선미가 울먹였다. 그때 다혜가 있는 방에서 무언가 쿵 하는 소리가 들려왔다. 지선은 화들짝 놀라서 방으로 뛰어갔다. 선미도 소매로 눈물을 훔치고 지선을 뒤따랐다. 다혜의 방에는 우유가 엎질러져 있었다. 침대 끝자락부터 바닥까지 우유가 흥건했다. 다혜는 그 앞에 지선의 눈치를 보며 서 있었다. 지선이 다가가 혹시 다친 곳이 없는지 확인하려고 하자 다혜가 억울한 목소리로 소리쳤다.

"오빠가 떨어뜨렸어."

"괜찮아. 다혜야, 이건 그냥 닦으면 되는 거야."

지선이 물티슈를 꺼내 다혜의 손을 먼저 닦아주었다. 다혜는 시선을 피한 채 계속 변명했다.

"오빠가 밀어서 그랬어."

"괜찮다니까. 엄마 화 안 났어. 정말 괜찮으니까 그만해."

"오빠가 나빴어. 내가 하지 말라고 했는데 오빠가. 오빠가. 계속."

지선은 대답하지 않았다. 그 대신 협탁 위에 놓인 티슈를 뽑아 신경질적으로 바닥을 훔쳤다. 다혜는 그 옆에서 칭얼거리며 계속 오빠 핑계를 댔다.

"정말이야. 오빠가 막 계속 이걸 뺏으려고 했어."

"최다혜! 진짜 엄마한테 혼나볼래? 도대체 오빠가 어디 있다는 거야! 계속 이렇게 고집부리고, 거짓말할 거야? 진짜 혼나야 정신 차리겠어?"

지선의 목소리가 험악해졌다. 지선은 손을 옆구리에 짚고 잔뜩 화가 났다는 표시로 몸을 부풀려 다혜 앞에 섰다. 하지만 다혜는 겁을 먹었으면서도 고집을 꺾지 않았다.

"하지만 오빠가……"

지선은 더는 참지 못하고 비명을 질렀다. 꾸짖는 것도 아니고 화를 내는 것도 아니었다. 말 그대로 비명 그 자체였다. 비명은 몇 초 동안이나 계속됐다. 지선은 주먹을 꽉 쥐고 다리를 부들부들 떨었다. 다혜는 너무 놀라서 꼼짝도 하지 못하고 제자리에서 굳어버렸다. 지선은 손바닥으로 얼굴을 감싸고 바닥에 그대로 주저앉아버렸다. 선미가 어떻게 손써볼 틈도 없이 지선이 울음을 터뜨렸다. 다혜가 보는 앞에서 그보다 더 어린아이처럼 울었다. 선미는 어떻게 해야 할지 몰라 일단 지선을 어설프게 끌어안고 어깨를 두드려줬다. 지선은 한참이나 울었다. 나중에는 아예 선미의 팔을 붙잡고 매달렸다. 선미는 그 옆에 무릎을 꿇고 앉아 두 팔로 지선을 안았다. 자신도 모르게 따라서 눈물이 흘렀다. 다혜 앞에서 이런 모습을 보이면 안 된다고 생각했지만, 눈물이 흐르는 것은 두 사람 모두 어쩔 수가 없었다.

기획은
좋으나

이은규

○
이은규

다큐멘터리 PD. 〈역사저널 그날〉〈세계는 지금〉〈추적 60분〉 등의 방송을 연출했고, 〈다큐 인사이트〉 여성 아카이브×인터뷰 시리즈를 통해 희극인, 배우, 운동선수, 기자, 아이돌 등 직업인으로서 여성의 목소리를 담았다. 백상예술대상 TV부문 교양작품상을 수상했다.

— 음주 운전 혐의 인정하십니까?

— 오늘 조사에서 어떤 내용을 진술하실 예정인가요?

— 기업과 경찰 간의 유착이란 비판에 대해 어떻게 생각하시나요?

답을 듣기 위한 질문이라기보다 뉴스 화면을 만들기 위한 질문이다. 경찰 조사를 받으러 온 것만으로도 이미 죄지은 사람처럼 보여야 한다. 경찰청 포토 라인 앞에 선 재계 10위권의 대기업 상무. 하지만 다들 그를 재벌 3세라 불렀다. 음주 운전으로 사고를 내고 경찰에 사건 무마를 청탁한 재벌 3세. 포토 라인 앞에 선 그를 비추는 십 초 남짓한 컷 하나에 질문을 쏟아부어야 한다. 거기에 기자들을 피해 도망치듯 서둘러 들어가는 뒷모습까지 카메라에 담으면 완벽하다. 하지만 그는 당당했고 서두르지 않았다. 무엇에도 쫓기지 않았다. 애타는 건 오히려 기자들이었다. 그는 십초쯤 침묵을 유지한 채 서 있다가 옷깃을 여미고 다시 발을 뗐다.

그때 밀고 들어오는 웅장한 배경음악과 함께 드론으로 내려다본 서울의 밤거리, 타이트 숏으로 담긴 초승달, 네온사인이 번쩍이는 강남대로, 어디론가 걸음을 옮기는 사람들의 실루엣이 흐른다. 다시 배경음악의 비트가 빨라지고 밑도 끝도 없이 뛰고 막고 다시 뛰는 PD들의 모습이 이십 프레임씩 리듬감 있게 딱딱 붙는다. 내가 봐도 잘 붙였다 싶은데도 어느새 다시 원본 영상을 불러와 더 좋은 그림이 있나 살펴보고 있다. 수백여 개의 클립을 이어 붙인 한 줄의 편집본에서 조연출인 내게 허락된 한 조각을 붙잡고 있다.

서른다섯 시간쯤 지났을까. 어제 침대에서 등을 떼고 일어난 이후 한시도 눕지 못했다. 정작 메인 연출인 선배는 방송금지가처분을 막으러 법원에 갔다. 이번주 내내 자르고 붙이고 뒤집고 엎어서 겨우 완성한 한 줄이다. 수십 번도 더 돌려 본 편집본이 무사히 방송될 수 있을지. 방송국에 출근한 지난 오 년 중 가장 비장한 하루다.

시사교양 PD. 방송국이 부여한 나의 직업이다. 내가 담당하고 있는 방송 프로그램은 한 명의 연출이 팔 주 동안 사건 하나를 취재한다. 현장을 카메라로 담고 관련자의 말을 모아 진실에 가까운 내용을 선별해 편집 창에 한 줄로 가지런히 모은다. 완성된 컷 편집본을 들고 방송국 곳곳을 돌아다니며 모자이크를 치고, 자막을 넣고, 더빙 원고를 쓰고, 내레이션을 녹음하고, 배경음악과 효과음을 넣고 사운드를 믹싱하고 방송한다. 방송 다음날은 시청자 게시판이나 개인 메일로 들어온 항의 및 문의 내용을 처리하고, 함께 일한 스태프들의 일값을 정산하고, 서버에 보관해야 할 촬영본을 정리하고, 미처 방송에 다 담지 못한 녹취 텍스트는 차마 삭제하지 못하고 컴퓨터 한구석에 내버려둔다. 이 모든 일을 월급 받으면서 하고 있다는 사실이 나를 매번 벅차오르게 한다. 이렇게나 재밌는 일을 돈 받고 한다니. 심지어 나는 이렇게 좋아하는 일을 잘하기까지 한다. 물론 탐사보도팀에 온 지는 이제 겨우 일 년쯤 됐고 내 이름이 들어간 방송은 이번이 네 편째다. 이전에는 스튜디오 강연 프로그램과 생방송 시사 토크쇼를 만드느라 천장 아래서만 일했다. 순전히 승합차를 타고 바깥 공기를 맡고 싶다는 단순한 이유로 온 팀인데 생각보다 더 좋았다. 너무 신나 이렇게 잠도 안 자고 일하는 중이었다.

"돌파력이 있네."

선배의 칭찬을 듣고서야 서른두 살에 생애 처음으로 내가 돌파력이 있다는 사실을 알았다. 담을 넘고, 거짓말을 하고, 수십 년 전 동창생 인터뷰를 따내고, 등기부등본을 떼서 용의자가 사는 집을 찾아내고, 새벽부터 뻗치기를 해서 기어코 촬영을 해내는 것. 이런 걸 돌파력이 있다고 말하는구나. 나 역시 선배에게 다 배웠다. 피해자를 촬영하러 가면 앉아서 인터뷰만 따오는 게 아니라 피켓이라도 들게 해 그림을 만들고, 중요한 증언자의 마음을 돌리기 위해 충분한 시간을 들이고, 심지어 카메라에 슬쩍 잡힐 때를 대비해 촬영하는 동안에는 같은 외투를 입어 연결성을 챙기는 것까지. 다 탐사보도팀에 와서 선배에게 배운 것들이다. 하지만 그 무엇보다 크게 배운 것은 따로 있다.

진정성.

선배는 이 단어가 사전에만 존재하는 게 아니라 현실에도 있다는 사실을 내게 처음 알려준 사람이었다. 진짜 대한민국의 민주주의를 걱정하고 권력을 견제하는 언론의 역할을 다하기 위해 태어난 사람처럼 보였다. 이번주 방송만 해도 그렇다. 시작은 평일 새벽 강남역 한복판에서 일어난 경미한 자동차 접촉 사고에 대한 제보였다. 그런데 거기에 대기업 상무 이름이 튀어나왔고, 알고 보니 재벌 3세인 그가 음주 운전으로 연루되었고, 그 사건을 무마하기 위해 경찰이 나섰다. 심지어 처음이 아닐 수도 있다는 정황까지 포착됐다.

이 모든 조사를 이끌어낸 그 첫 제보는 옛 동료로부터 전해들었다는 내용이 전부인 어설픈 정보였다. 취재가 어렵고 증명이 위험한 건이었다. 경찰의 수사 자료가 우리 손에는 없다. 그랬기에 굴지의 대기업이 방송 전날 직접 대응할 거란 예상조차 못했다. 무려 재벌 3세가 명예훼손을 우려하며 방송을 내보내지 말아달라고 법원에 가처분 신청을 했다는 사실이 믿기지 않는다.

선배는 취재 기간 내내 집에도 안 갔다. 밝혀낼 수 있다는 강한 믿음만으로 열중하는 모습은 다소 무식하거나 무모해 보였다. 선배는 내 책상 맞은편에서 골몰하느라 고개를 자주 숙였다. 내 눈에는 취재하는 사람이라기보다 그냥 기도하는 사람처럼 보였다. 그리고 그 기도가 통했다.

방송금지가처분 신청이 기각됐다. 검은 양복을 단정하게 입은 선배가 오랜만에 호탕하게 웃으며 편집실로 들어섰다. 고생했다는 인사를 건넬 여유조차 없는지 이제 시작이라는 듯 넥타이만 풀고 모니터 앞에 앉았다. 뒤이어 부장과 사내 변호사도 함께 앉았다. 혹시라도 민형사상의 분쟁의 위험이 있는지 방송 전 최종 시사를 해야 했다. 존경하는 서부지법 판사님께서 공익에 부합한다고 결정 내려주신 육십 분짜리 영상을 의자조차 구겨넣기 비좁은 편집실에 비껴 앉아 함께 보았다. 로스쿨을 졸업한 지 얼마 안 되어 보이는 내 또래의 변호사도 등받이가 없는 플라스틱 의자에 어중되게 앉아 화면을 들여다봤다.

"사실적시 명예훼손도 있으니 저 표현은 좀 주의하시는 게 좋을 거 같네요."

"본사 외관은 모자이크 처리하실 거죠? 출신 학교 외관도 가리는 편이 나을 거 같아요."

"기업명은 다시 말씀드리지만, 이니셜 처리하시는 걸 고려해주세요."

변호사가 으레 건넬 법한 예측 가능한 조언이 이어졌다. 조연출인 나는 기계적으로 받아 적었다. 조각조각 난 편집 창 위로 빨간색 재생 바가 흘러 마지막 컷에 도착했을 때쯤 변호사는 진짜 하고 싶었을 말을 꺼냈다.

"추적하기 힘드시죠?"

뜬금없다.

"경찰이 재벌 3세 사건을 무마해줬다는 결정적 증거를 사실상 제작진이 찾긴 어렵잖아요. 방송은 육십 분을 채워야 하고. 이미 판결 난 사건으로 방송 만들어도 송사가 난무하는 세상인데. PD님들 진짜 대단하세요."

칭찬인지 조롱인지 애매한 문장이 오락가락했다. 저런 것도 로스쿨에서 배우나. 아니면 우리 회사에서 배운 건가. 정작 그는 방송을 앞두고 할일이 많아 초조한 우리가 보이지 않나보다. 그의 질문은 더 멀리 나아갔다. "저희 부모님이 항상 하시는 말씀이 송사에 휘말리지 마라, 남의 인심 잃는 일 하지 마라, 이거거든요. 근데 이 방송은 둘 다잖아요. 특히 이번 경우는 경찰이 무마했다는 쪽과 아니라는 쪽이 오십일 대 사십구 정도로 비등하잖아요.

그 와중에 PD님들은 오십일이 맞는다고 믿는 거고……" 그는 우리가 지난 팔 주 내내 아니 그 이상 고생해서 취재한 끝에 내린 판단을 믿음이라 단정했다. 물론 믿음이 없었으면 여기까지 오지도 못했겠지만. 변호사라기보다 한 명의 시청자에 가까운 그의 언어에 내 귀가 서서히 열렸다. 그런 나를 알아차렸는지 그는 굳이 내 눈을 똑바로 보고 다음 문장을 뱉었다.

"근데…… 사십구가 맞으면 어떻게 해요?"

사십구, 사실은 경찰이 재벌 3세의 음주 운전을 무마하지도 않았는데 우리가 없는 의혹을 키우는 거면 어떻게 하냐. 변호사는 이 말을 하고 싶은 모양이었다. 당장 분초가 아까운 우리에게는 초짜 변호사의 질문이 다소 한가롭게 들렸다. 나는 선배의 얼굴을 살폈다. '별 시답잖은 질문을 다 하네……'라는 말을 선배는 눈으로 뱉고 있었다. "그런 거 일일이 생각하기 시작하면 한 컷도 못 붙입니다." 선배는 듣는 이가 민망하지 않게 돌려서 답하며 자연스레 자리를 파했다. 이제 막 일을 시작한 내 또래 변호사는 순수하게 궁금했을 것이다. 진실을 추적하는 프로그램에서 그 진실이 희미할 때는 무엇을 좇아야 하는 것인지. 나도 그랬으니까.

└오늘부터 불매다.

└죄를 지었으면 죗값을 받아라.

└재벌 3세 손목은 무슨 금으로 처둘렀냐?

└현행범을 왜 놔주냐.

└구멍가게만도 못한 새끼들.

└음주 운전은 살인이다.

　방송이 나가자 유튜브 실시간 댓글 창이 빠르게 올라갔다. 가뜩이나 이미지가 좋지 않은 기업이었기 때문에 재벌 3세를 향한 대중의 분노는 필터를 거르지 않았다. 경찰에 수사를 촉구하기 위해 구체적인 행동을 하자는 의견도 심심찮게 제기되었다. 우리가 세상을 바꾼 것까진 아니어도 조금 흔든 건 아닐까. 내가 잠 안 자고 붙인 컷 아래서 불붙는 댓글창을 보니 조금 우쭐해졌다. 팀원들과 함께 삼겹살 가게 구석에 달린 텔레비전 소리를 들으며 댓글 창에 시선을 고정했다. 틈틈이 고기도 구웠다. 떡 진 머리에 모자를 눌러쓰고 땀에 전 반팔 티셔츠에 갈아 신지 못한 양말까지. 며칠간 집에 들어가지 못해 다들 같은 몰골을 하고선 고기와 술로 냄새를 숨기려는 듯 연신 굽고 씹고 마셨다. 몇 시간 전만 해도 죽네 사네 하던 부장과 선배는 이제야 서로를 추켜세우며 덕분에 방송했다고, 아니었음 못 할 뻔했다고 너스레를 떨었다. 다들 팔 주 동안 움츠러들었던 어깨를 조금씩 펴고 한마디씩 더했다. 나는 말없이 맥주를 들이켰다. 내가 엉덩이 붙인 이곳이 남부끄럽지 않을 수 있는 자리여서 참 좋다, 정직하고 무해하게 월급을 벌 수 있는 자리라서 참 다행이다, 그런 생각이 드는 몇 안 되는 귀한 날이었다.

며칠 뒤 출근하니 내 앞자리에는 새 팀원이 들어왔다. 소연이었다. 작고 마르고 목소리가 낮다. 이 년 전 입사한 소연에 대해 알고 있는 건 그것이 전부였고, 우리 팀에 온다는 소식을 들었을 때는 조금 의외였다. 소연은 가볍게 눈인사를 하고 자리를 정리하기 시작했다. 짐이라곤 노트북과 거치대, 외장하드, 텀블러가 전부였다. 반면 내 자리는 아직 정리하지 못한 판결문과 각종 원고 뭉치가 쌓여 있었다. 거기에 온갖 촬영 소품과 먹다 남은 간식, 두어 개의 영양제 통, 외투와 담요, 그리고 그동안 우리 팀에 드나든 스태프들과 주고받은 쪽지와 작은 선물들까지. 쓸데없는 걸 다 정리한다 해도 A4 두 박스는 나올 것 같았다. 사회에 자리잡았다는 문장을 카메라로 찍으면 이런 그림이 아닐까. 열심히 일한 흔적이겠거니 생각하니 새삼 나쁘지 않았다.

문득 대학생 때 주간지 인턴기자를 했던 생각이 났다. 오랜 역사를 자랑하던 그 언론사는 매일 복닥거리며 죽네 사네 글을 쓰는, 우리가 대한민국을 이끌고 있다고 굳게 믿는 곳이었다. 편집국 구석에 있던 인턴은 정확히 말하면 아직 '우리'가 아니었다. 나는 '우리'가 되고 싶었다. 하지만 내 책상은 낮에도 스탠드를 켜야 하는 외진 자리에 있었다. 나는 환한 중앙으로 옮겨가고 싶었지만 정작 내 옆자리에서 함께 인턴을 하던 언니는 어쩐 일인지 구석 자리에 앉는 게 편하다고 했다.

"소연이는 기획은 좋은데 기세가 약해."

맞다. 전에 소연과 함께 일했던 아침 매거진방송팀 선배가 그렇게 말했다. 기획을 잘한다는 건 칭찬 아닌가. 기획이 좋으면 좋은 거지 기세가 약한 건 또 뭐지. 근데 우리가 탱크를 끄는 것도 아니고 기세를 왜 찾지. 가만 앉아 칸막이 너머 프린트 연결을 확인하면서 단정히 자리를 정리하는 소연을 보는데 괜한 의문이 들었다. 곧 소연 자리로 선배가 왔다.

"소연, 옷이 너무 얇은 거 아니야? 이제 두껍게 입고 다녀. 밖에 오래 있어야 할 텐데. 그런 바지 입음 춥다. 발열 내의 꼭 입고."

"네…… 근데 선배, 저 하고 싶은 아이템 있으면 말씀드리면 돼요?"

"벌써 하고 싶은 아이템이 있어? 뭔데?"

"국회 앞에 일인 시위 하시는 분 본 적 있으시죠?"

"워낙 많아서. 근데?"

"아…… 외국 기업 하나가 부도를 내고 한국 공장을 폐쇄하면서 노동자들이 해고됐는데 그분들이 일인 시위를 하시더라고요. 가서 말씀을 들어보고 기사도 찾아봤는데요. 그 얘길 좀 해보면 어떨까 해서요."

"소연이가 노동문제에 관심이 많구나. 그렇지, 그게 꽤 오래됐지. 나도 전에 취재했던 기억이 나네."

선배의 익숙한 표정이 잠시 스쳤다. 소연을 의식했는지, 선배는 본인이 하고 싶은 말을 일단 누르고 질문을 앞세웠다.

"근데 그걸 왜 지금 방송하고 싶어? 뭐 상황이 바뀐 게 있어?"

소연은 선배의 질문은 예상치 못했는지 잠깐 멈칫했다. 그리고 낮은 목소리로 답했다.

"그분들 목소리가 너무 작은 거 같아서요."

목소리가 너무 작다. 선배는 소연의 답을 천천히 반복했다. 입안에서 말을 고르는 것 같았다. 방송은 시의성이랑 그림이 중요하잖아. 네가 그 아이템을 하고 싶고 그 사람들 목소리를 담고 싶으면 그럴 만한 명분을 가져와야지. 하다못해 투쟁 몇 주년이라든지, 기업 대표가 망언을 했다든지, 한국 노동자가 어떻게 됐다든지 뭐 그런 거 있잖아…… 할말이 마땅치 않았는지 선배는 고개를 들어 나를 바라보았다.

"일단 온 지 얼마 안 됐으니까 천천히 적응하고, 우선 다음 아이템에 붙어서 어떻게 하는지 배워. 마침 네 앞에 앉은 선배가 우리 팀 에이스다. 돌파력이 엄청나. 너는 소연이 좀 많이 알려주고."

나는 처음 메인 PD가 됐고 조연출이 생겼다. 뭘 해야 할지 모를 때는 일단 밥부터 먹는 거라고 배웠다. 나는 식권을 챙겨 들고 소연과 함께 구내식당으로 갔다. "원래는 점심시간에 잠깐 바람도 쐬고 입이라도 즐겁게 하는 게 직장인의 행복인데 이 팀은 그것조차 사치로 만들어버려요. 일주일 내내 구내식당만 가요. 진짜 시간이 없기도 하지만 그냥 여유가 없는 거랄까. 아이템이 안 잡히면 안 잡히는 대로, 막상 취재 들어가면 또 취재가 잘 안돼서, 편집을 시작하면 또 편집이 안돼서…… 밥 한번 마음 편히 못 먹으러 나가요. 이거 봐, 난 운동화로 갈아 신을 정신도 없어서 그냥 슬리퍼 끌고 내려왔잖아. 그래도 우리 팀이 배우는 건 많아요. 소연씨도 그럴 거예요." 이제 슬슬 내가 어떤 산전수전을 겪었는지 말을 이어가려던 차였다. 그때,

"선배…… 근데 왜 우리 팀은 노동자들 파업하는 현장은 안 가요?"

"우리가 아예 안 가지는 않죠. 얼마 전에도 다뤘고."

"꼭 누가 죽거나, 다치거나, 큰일이 벌어져야지 카메라가 가잖아요."

소연은 우리 방송에서 파업 노동자를 어떻게 담고 있는지 잘 알고 있었다. 그럼에도 발제한 거다. 신입의 패기와 진정성인가. 그 뜻은 가상하다. "소연씨 기획 잘한다고 들었는데, 방송을 해야만 하는 이유를 만드는 게 기획이죠. 잘해봐요." 나도 모르게 '잘해보자'가 아니라 '잘해봐요'라고 했다. 소연은 크게 신경쓰지 않는 모양이었다.

"선배는 다음 아이템 어떤 거 하세요?"

"몇 개 고민하고 있는데요. 일단 부장이랑 얘기한 건 십대들 딥페이크 범죄 관련해서 최근 뉴스가 많이 나오니까. 그걸 사례를

잘 잡아서 해보자, 뭐 이런 거요."

"……"

"아직 취재 시작한 건 하나도 없어요. 소연씨가 많이 도와줘요."

"네…… 근데 제가 기획을 잘한다는 얘긴 누가 하셨어요?"

"아, 누구더라. 여하튼 칭찬이었어요. 인상 깊었나보죠."

우리 회사 인사 평가에는 한 줄 평을 쓰는 자리가 있다. 학창시절에 담임선생님이 생활기록부에 써주던 한 줄 같은 거다. 내가 받은 평가 의견은 줄곧 '매우 성취 지향적임' '추진력과 의지력이 있음' '성실하고 위험을 두려워하지 않음'과 같이 직선을 내달렸다. 어쩌면 뻔한 평가이지만 가까이서 같이 일하는 선배들이 직접 적어준 말이라 때론 그 한 줄에 의지했다. 아직 혼자 완성품을 만들어보지 못한 조연출 입장에서는 스스로를 믿기 어렵기 때문에 선배의 평가 한 줄에 더 기대게 되었다. 이제 내 이름을 건 육십 분짜리 첫 완성품을 만들 차례였다.

"점심 먹고 일단 경찰서 위장 촬영 한번 돌 건데 같이 갈래요?"

"위장 촬영이요?"

"가방 렌즈, 안경 카메라, 뭐 이런 거 있잖아요. 몰래 찍는 거."

"왜 굳이…… 몰래 촬영해요?"

"진짜 몰라서 묻는 거예요?"

"네, 진짜 모르겠어요."

그래 뭘 모를 수도 있지. 아직 신입이니까. 딥페이크 범죄 피해자가 고소장을 접수할 때 일선 경찰서에서 얼마나 시큰둥하게 사건을 접수하는지 담는 시퀀스다. 그걸 손에 카메라를 들고 가서 찍을 수는 없다. 아니면 '방송국 PD인데요. 이것 좀 하나 찍읍시다'라고 할 수도 없고. 실제 피해자들이 현실에서 마주하는 어려움을 카메라에 담기 위해서는 몰래 촬영하는 수밖에 없다. 나중에 소송이나 가처분 신청이 들어왔을 때 취재 과정과 내용에 문제가 없음을 법적으로 증명하기 위한 기록이기도 하다. 다른 신입 PD들은 알아서 눈치껏 따라오는데 센스가 부족한 건가. 평소 같으면 하나부터 열까지 친절히 설명해줄 텐데 하필 나도 첫 연출을 앞두고 마음이 바빴다. 그냥 처음이니 적응도 할 겸 피해자를 섭외해달라고 말했다.

"아…… 네, 선배. 근데 그 위장 취재요. 녹음만 하면 안 될까요. 아무래도 동의를 받지 않은 사람을 찍는다는 게 좀…… 맞지 않는 것 같아서요."

소연의 그 말은 구내식당부터 따라붙어 내가 사무실에 돌아와 자리에 앉을 때까지도 떨어지지 않았다. 방송은 그림이 생명인데 아직 그걸 못 챙기는 신입이네, 생각하고 쉽게 넘기면 될 일인데도 이상하게 거슬렸다. 그때 사무실 제보 전화가 울렸다. 취재 작가들이 모두 자리를 비운 터라 전화는 계속 울렸다. 그냥 끊어질 때까지 기다리면 될 일인데 아직 막내 PD의 마인드가 살아 있는 탓에 결국 직접 수화기를 들었다. 혹시라도 중요한 제보 전화일 수도 있으니까.

"여보세요." 어린 여자였다. 혹시 딥페이크 관련 제보인가 싶어 자세를 고쳐 잡았다. "아 그게…… 혹시…… 딥페이크 그 예고에 나간 그 영상 그거 출처를 좀 알 수 있을까 싶어서요. 아 그러니까…… 그게 아무래도 제 얼굴 같아서요…… 모자이크 막 쳐진, 근데 아무래도 저 같아서요……" 이 초 남짓한 분량으로 들어간 사진 한 장이었다. 진하게 모자이크가 쳐져 사실 형태가 없는 거나 마찬가지였고, 무엇보다 전화한 여자의 것일 수 없는 사진이었다. 나는 최선을 다해 여자를 안심시키며 전화를 끊었다.

"PD님, 오랜만이에요."

마침 위장 촬영 전문 VJ 황선생님이 사무실로 오셨다. 요새 일이 많이 줄었다고 들었지만 과거 사회 고발성 시사 프로그램이 한창 인기 있을 때는 매주 촬영을 나갔던 분이었다. 심지어 본인 이름을 걸고 책도 내셨다. 부제는 무려 '목숨 건 아줌마의 대한민국 잠입 취재기'. 남성 PD가 다수였던 시기에 중년 여성이 잠입해야 하는 주방 보조, 마트 점원, 공장 일용직 등의 역할을 맡았다고 했다. 요즘은 주로 나처럼 젊은 여성 PD랑 짝을 지어 엄마와 딸로 위장해 나갔다. 워낙 경험이 많고 임기응변에 능하다보니 걱정이 안 됐다. 위장 카메라에는 모니터 화면도 없는데 렌즈 위치를 기가 막히게 잘 맞추시는데다 나보다 더 그림을 잘 잡는다. 여느 날과 다름없이 황선생님은 본인의 일을 충실히 수행하셨다.

"우리 딸이 알몸이랑 얼굴이 합성돼서 막 여기저기 사진이 돌아다닌다고……"

"남부끄러워서 어떡해. 우리 딸 시집 다 갔어요."

"왜요? 접수가 안 돼요? 해외에 서버가 있어서 안 된다고요?"

"무조건 안 된다고 그러면 어떻게 해?"

"당신들이 그러고도 세금으로 월급 받을 자격이 있어?"

"너희 범인 잡으라고 그 자리에 앉아 있는 거야."

황선생님은 더 분노를 일으키는 말이 나올 때까지 여러 각도로 경찰관을 자극했고 수음이 잘 되도록 카메라를 가까이 가져다댔다. 편집실로 돌아가서 보면 '기가 막히게 촬영 잘됐다' '한 시퀀스 만들었다'고 안심할 법한 그림이었다.

문제는 소연의 말이 끈질기게 내 맘에 눌어붙었다는 것이었다. 카메라에 고스란히 담길 그 얼굴들이 처음으로 눈에 들어왔다. 황선생님 앞에서 쩔쩔매며 최대한 친절하게 절차를 설명하는 앳된 경찰, 특히 여성청소년과와 민원실에서 마주한 내 또래 여경의 얼굴이 눈에 밟혔다. 녹화 버튼을 누르는 내 손이 움찔했다. 너무 많은 생각을 하지 말아야지. 버튼을 눌렀다. 속이 더부룩하고 무언가 올라올 것 같았다. 소연과 같이 먹은 점심이 그대로 얹혀 있었다.

인턴 언니라면 지금 나에게 뭐라고 했을까. 언니는 내가 몸으

148

로 때우는 아이템을 잡아오면 줄곧 한마디씩 얹었다. 한번은 내가 '여기자가 체험하는 특전사'를 콘셉트로 르포 기사를 쓰겠다고 발제했다. 중년의 남자 선배들은 못 보던 그림이라 좋다고 했다. 회의를 마치고 언니는 나를 따로 불러 안 했으면 좋겠다고 선명하게 막아섰다. 군의 협조로 짧은 병영 체험을 하고 군 문화를 미화하는 기사에 대한 우려였던 거 같기도 하고, 여기자가 어설프게 훈련받는 그림이 사회에 더할 편견에 대한 우려였던 것 같기도 했다. 그때 나는 어떻게든 선배들 눈에 한 번이라도 더 들고 싶어 초조해하던 시기였기에 언니 말이 전혀 들리지 않았다.

내가 다른 데 정신이 팔려 있는 걸 알아차렸는지 언니는 전혀 다른 소리를 했다. 회사 곳곳에 편하지 않은 마음들이 둥둥 떠다니거나 꼬깃꼬깃 접혀 있는 것 같다고. 지면에 실리지 못하고 탈락한 많은 말들이 켜켜이 쌓여 기자들의 가슴을 누르고 있는 거 같다고.

맞다. 그래서 지금 내가 소화가 안 되나보다. 육십 분짜리 방송 네 편을 만들었으니 이백사십 분 어쩌면 그 이상의 말들이 나를 누르고 있나보다. 그러고 보니 인턴 언니도 소연처럼 목소리가 낮았던 것 같았다.

"선배, 피해자 연락됐어요. 인터뷰하겠대요."

다음날, 아침에 출근하자마자 소연이 평소보다 높은 목소리로 나를 찾았다. 어렵게 연락처를 구한 피해자에게 섭외 문자를 보내

났는데 새벽에 답이 왔다고 했다. 제일 먼저 만나고 싶은 피해자였다. 고작 중1 피해자의 합성사진이 텔레그램과 텀블러는 물론이고 인스타그램까지 광범위하게 퍼진 상황이었다. 학교, 이름, 주거지, 휴대폰 번호 등의 개인정보가 노출됐고 차마 입에 담을 수 없는 성적인 표현이 가해자들 사이에서 오갔다. 특히 피해자에 대한 협박 글까지 있어 걱정되던 차였다.

"근데 소연씨, 어떻게 설득한 거예요?"

"설득 안 했어요."

"그럼요?"

"아…… 그냥 밥은 잘 먹었냐고 물었어요."

"그랬더니요?"

"그냥 울었어요. 전화해서 막 울었어요."

이제 겨우 열세 살짜리가 방송국 PD를 붙잡고 울었다니 너무 걱정됐다. 한편, 오늘 저녁 촬영이면 당장 뭘 챙겨 가야 하나. 촬영감독 섭외하고 질문지부터 정리해야 하는데. 그 친구 자료 모아둔 게 어디 있더라. 외투도 벗지 않고 자리에 앉아 고개를 숙이는데 소연이 다시 나를 불렀다.

"선배, 근데 카메라 안 가져갈 거예요."

"그럼요?"

"차에 앉아 목소리만 녹음해 올게요."

소연이 섭외해 오기도 했고, 멋모르는 애 붙잡고 얘기하는 게

시간 낭비인 것 같아 일단은 알았다고 했다. 최대한 의미 있는 인터뷰를 끌어낼 수 있도록 잘 준비하는 게 먼저다. 촬영이야 내가 해도 되는 거지. 어차피 피해자를 만났다는 한 컷이면 충분했다. 카메라야 내가 몰래 챙겨 가면 된다. 그렇게 서둘러 준비해서 인터뷰 장소로 갔다. 인적이 드문 지하 주차장이었다. 입구에서 꽤 거리가 있는 자리에 차를 댔다. 소연이 잠깐 자리를 비운 사이 촬영 각도를 봤다. 내가 카메라를 들고 기둥 뒤에 숨어서 둘이 만나는 걸 찍으면 되겠다. 카메라를 들어 앵글을 확인하는데 나도 모르게 손이 움찔했다. 모자이크를 가득 쳐서 나가는 거라면 굳이 촬영하지 않고 대역을 쓰거나 음성만 내보내도 충분하지 않을까. 인터뷰를 앞두고 생각이 많아졌다. 그때였다.

"선배……"

"아! 소연씨, 나 일단 앵글 어떻게 나오는지 자리만 한번 봤어요. 이거 봐요."

어느 틈에 돌아와 카메라를 든 나를 바라보는 소연 앞에서 궁색한 변명을 늘어놓았다. 근데 얘는 왜 이렇게 날 궁색하게 만드는 걸까. 지금 나를 나무라는 건가? 나를 믿지 못하고 비난하는 건가? 감수성이 낮은 구시대적 인간이라고 나에게 문제를 제기하는 건가? 도대체 나를 뭐라고 생각하는 거지?

내 안에서 숱한 질문이 솟구치는데 소연은 오히려 고요했다. 소연은 참고 있었다. 정작 참지 못하고 폭발한 것은 나였다.

"근데 내가 뭘 그렇게 큰 잘못을 한 거예요? 방송 만드는 사람이 인터뷰하는데 카메라 갖고 온 게 그렇게 큰 잘못이에요? 소연 씨는 열심히 일하는 사람을 왜 못된 사람, 옛날 사람으로 만들어요? 취재원들이 하기 싫다고 하면, 알겠다 하고 돌아와요? 그럼 왜 월급 받고 일해요. 밥값은 해야 할 거 아니에요. 위험이 있어도 돌파하라고 방송국 PD 타이틀 주는 거예요. 우리는 법적으로 걸려도 보호막이 많으니까. 안전한 사람이 더 많은 위험을 지는 게 선배들이 만든 이 바닥 법칙이에요. 그러니까 아무것도 모르겠으면 제발 좀 배워!"

마지막 문장을 정정해야 하는데 어떻게 해야 하나 싶어 고민하던 찰나, 소연의 휴대폰이 울렸다. 피해자의 메시지였다.

—죄송해요. 아무래도 오늘 못 나갈 거 같아요. 인터뷰는 없던 일로 할게요.

여름이 지나 선선한 바람이 불기 시작할 때쯤 방송이 나갔다. '가해자들 다 생활기록부에 남겨서 대학 못 가게 만들어야지.' '이래서 학군이 중요하다.' '민도 낮은 동네는 가는 게 아니다.' '하루 빨리 촉법소년 없애야 한다.'

엉망진창인 댓글이 이어졌다. 처음 기획과는 전혀 다른 방향으로 불이 붙고 있었다. 피곤이 몰려왔다. 다시 삼겹살집에서 선배와 마주앉아 고기를 구웠다. 이번 방송은 저번처럼 시원하게 맥주가 들어가지 않았다. 결국 나는 다른 피해자를 섭외했고 방송은 어떻게든 나갔다. 사실은 마감일에 맞춰 취재도 편집도 멈췄다는 표현이 더 정확할 것이다.

팔 주만큼의 진실, 인턴 언니가 내게 해준 이야기였다. 그때는 주간지를 만들었으니까 일주일 치의 진실이었을 거다. 고작 일주일이란 시간을 쥐놓고 선배들은 엄청난 결과를 요구했다. 고작 인턴에게. 그 모습이 불합리하다고 느꼈던 건지, 아니면 그 와중에 대단한 진실을 밝혀내겠다며 밤낮으로 뛰어다니는 내가 위험해 보였던 건지 언니는 내게 농담처럼 자주 말했었다. 돌파하지 않는 것도 우리 일이야. 그 말을 이제야 이해할 것 같다. 카메라를 들지 않아야 할 때 들지 않는 것까지도 우리 일이다.

—PD님 방송 잘 봤어요. 감사합니다.

소연이 섭외했던 피해자 번호로 문자가 왔다. 소연은 나와 방송을 마저 만들지 못하고 다른 팀으로 이동했다. 오자마자 팀을 옮긴다는 것이 이례적이라 다들 이유를 궁금해했다. 소위 고생하는 프로그램을 피하려는 젊은 PD 정도로 미루어 짐작하고 수군대는 소리가 사무실을 떠다녔다.

정작 나와 소연은 점심시간에 만나서 함께 밥을 먹는 사이가 됐다. 이제 구내식당이 아니라 회사 밖으로 나가서 맛있는 걸 먹는다. 그걸 모르는 선배는 애꿎은 소연을 입에 올린다. 그러다 다시 오늘 방송을 언급하며 나에게 말을 건다. 야! 우리 팀 에이스. 이번 방송도 너무 고생했다. 어려운 아이템인데 너니까 이만큼 할 수 있었어. 역시 내가 키운 에이스다워. 아주 잘했어. 근데 너,

　이번 방송 기획은 좋았는데 기세가 좀 약하더라.

내가
이런 데서
일할 사람이
아닌데

조
승
리

○
조승리
산문집 『이 지랄맞음이 쌓여 축제가 되겠지』『검은 불꽃과 빨간 폭스바겐』이 있다.

비상구 문을 열고 직원용 엘리베이터 앞에 섰다. 하향 버튼을 누르고 들고 있던 흰지팡이를 접었다. 백화점은 동선이 복잡하고 항상 인파로 붐빈다. 흰지팡이를 들고 있어야 겨우 사람들이 길을 내준다. 나는 저시력이지만 동체 시력도 떨어져 움직이는 사람의 행동을 빨리 감지하지 못한다. 사정 모르는 이들은 눈이 보이면서 왜 흰지팡이를 들고 다니냐고 수군거린다. 그런 오해를 받을 때마다 좀 짜증이 나지만 어쩔 수 없는 노릇이다. 층수 표시 램프에 눈을 바짝 들이대고 엘리베이터가 몇 층에 있는지 살폈다.

　드르륵 탈탈탈.

　손수레가 내 뒤에 와서 멈췄다. 누가 스마트폰으로 방송을 보고 있는지 시끄러운 야구 중계 때문에 등뒤가 산란했다. 직원용 엘리베이터는 화물 운송을 겸하기 때문에 고객들이 타는 엘리베이터보다 시간이 두세 배는 더 걸린다. 엘리베이터는 매 층마다 멈춰섰다. 모든 직원이 엘리베이터 한 대를 이용하고 있으니 당연한 결과다. 오늘만 슬쩍 고객용 엘리베이터를 이용할까 하는 유혹이 일었다. 일전에 방침을 어기고 한번 해봤는데 누군가 민원을 넣는 바람에 본사로부터 질책을 들었다. 고객에게는 한없이 친절하지만 직원에게는 냉혹한 게 백화점이라는 집단이다. 억울한 마음에 장애인에 대한 배려를 호소했지만 예외를 인정할 수 없다는 통보만 돌아왔다.

엘리베이터 문이 다 열리기도 전에 사람들이 틈 사이를 비집고 밖으로 뛰쳐나왔다. 마지막으로 상자를 가득 실은 손수레가 나를 스쳐지났다. 나는 엘리베이터 문이 닫힐까봐 버튼을 누르고 대기했다. 텅 빈 공간 안으로 막 올라타려는데 내 뒤에 서 있던 짐수레가 나를 제치고 먼저 올라탔다. 나는 곰처럼 덩치 큰 남자의 뒷모습을 살짝 노려보았다. 새치기를 해놓고 미안하다는 사과 한마디 없는 행태가 얄미웠다. 남자는 배려 없이 수레를 엘리베이터 한가운데에 세웠다. 나는 하는 수 없이 좁은 공간 안으로 몸을 밀어넣었다.

엘리베이터 버튼의 숫자를 읽으려면 눈을 버튼 가까이 붙여야했다. 불편하게 몸을 숙이며 지하 삼층 버튼을 찾았다. 그때 남자가 돌아서며 내 목덜미 옆으로 손을 쑥 뻗었다. 담배 냄새 밴 손이 버튼까지 새치기해 눌렀다. 배려 없는 남자의 행동에 인상이 절로 찌푸려졌다. 엉거주춤 숙였던 자세를 바로 세웠다. 고개를 남자 쪽으로 살짝 돌렸다. 남자도 몸을 틀어 나를 훑어봤다. 인상이 험한데다 위아래로 시커먼 옷을 입고 있으니 수상해 보이기까지 했다.

귀 따갑던 중계방송이 정지됐다. 그가 한 걸음 다가왔다. 나는 좁혀진 거리를 최대한 벌리기 위해 벽에 파고들 것처럼 붙어섰다. 밀폐된 공기가 급격히 불순한 색으로 변했다. 반사적으로 고개를 들어 엘리베이터에 설치된 카메라를 바라봤다. 남자도 내 시선을 따라 고개를 틀었다. 순간 불길하게 정지됐던 공기가 흩어졌다. 내 의도가 남자에게 먹힌 것이다. 시력이 사라진 만큼 위험을 감지하는 능력이 발달됐다. 그건 시각장애가 있는 여성으로 살아남기 위한 본능이었다.

"어이! 안마는 어디다 신청해야 받을 수 있나?"

남자가 입을 열 때마다 고약한 담배 냄새가 공간을 오염시켰다. 나는 숨을 참았다. 그는 내가 헬스 키퍼이고 시각장애가 있다는 사실을 알고 있었다. 나는 그를 무시했다. 마침 엘리베이터가 멈추고 문이 열렸다. 남자가 문을 가로막고 있어 그가 움직이지 않으면 내릴 수가 없었다. 그는 내 대답을 듣고 내릴 작정인지 그대로 멈춰 있었다. 하지만 문밖에 줄 서 있는 사람들이 그 꼴을 가만보고 있을 리 없었다.

"안 내려요?"

날 선 여성의 목소리가 남자를 끄집어당겼다. 그가 수레를 끌어내자 내가 내려서기도 전에 사람들이 우르르 올라탔다. 나는 엘리베이터 문이 닫히기 직전에 간신히 내릴 수 있었다. 문밖으로 발을 내디디며 참고 있던 숨을 내뱉었다. 남자가 마치 나를 기다리는 것처럼 뒤를 흘깃대며 천천히 수레를 밀었다. 나는 어깨를 펴고 당당한 걸음으로 쌩하니 그를 스쳐지나 사무실로 향했다. 지하 삼층은 온 백화점을 통틀어 가장 안전한 장소다. 이곳에는 백화점에 입점한 모든 매장의 물품 창고가 모여 있다. 곳곳이 사각지대 하나 없이 카메라로 도배되어 있고 보안 인력이 항시 모니터를 주시하고 있다.

"저기, 안마! 어이, 안마 선생!"

등뒤에서 나를 부르는 소리가 들렸지만 대꾸할 가치가 없었다. 백화점에서 유니폼을 착용하지 않은 이들은 거의 협력 업체의 일용직 직원이다. 그들은 나와 만날 일이 없다. 백화점 복지는 협력 업체 직원들에게까지 돌아가지 않는다.

마사지용 시술 침대에 일회용 페이스 시트를 깔아두고 손가락 마디마디를 스트레칭했다. 자몽 향 핸드크림을 듬뿍 짜서 손가락 하나하나에 문질러 흡수시켰다. 새콤한 시트러스 향이 주위에 퍼졌다. 벽에 걸린 디지털시계를 올려다봤다. 오후 열두시 삼십구분.

"아싸!"

소리 내어 지금의 기분을 있는 그대로 내뱉었다. 이 정도면 마사지를 예약한 직원이 사정이 생겼거나 예약을 잊은 것이다. 나는 책상 의자에서 일어나 고객용 침대에 털썩 누웠다. 눈을 감았음에도 쓸데없이 밝은 조명 빛이 눈꺼풀을 파고들었다.

"아우, 귀찮아!"

생각나는 대로 내뱉으며 몸을 일으켜 침대에 걸터앉았다. 전등을 끄고 다음 마사지 시간까지 편히 쉴 계획이었다. 전등 스위치는 세 걸음만 걸어가면 있다. 그런데 꼼짝하기가 싫었다.

작은 사무실 안을 훑어보았다. 싸구려 책상과 딱딱한 나무 의자, 삼단 선반과 냉온수기, 공기청정기가 다닥다닥 둘러서 있고 마사지 침대 두 대가 양쪽 벽면에 붙어 옹색하게 들어차 있다. 내가 사는 원룸이나 사무실이나 좁아터진 건 매한가지다. 서울 생활은 숨이 찰 정도로 갑갑하고 빡빡했다. 그렇다고 해서 다시 고향 동네로 내려가고 싶지는 않았다. 독립된 공간에서 홀로 일하는 것이 조금 심심하고 외롭긴 하지만 자유롭다는 장점이 더 컸다.

찌익 탁! 찌이익 탁!

사무실 밖 복도는 연신 택배 상자를 뜯고 포장하는 소리로 정신없었다. 매장마다 배정된 창고가 있지만 워낙 들고 나는 물건이 많으니 그 공간이 충분할 리 없다. 복도 벽을 따라 천장까지 쌓인 종이 상자가 늘어서 있는 바람에 통로는 두 사람이 겨우 지나갈 정도로 좁다. 그 틈에서 새카만 옷을 입은 사람들이 아무 대화

없이 택배 상자를 가르고 내용물을 꺼낸다. 입점 브랜드의 정규직 사원들은 유니폼을 갖춰 입지만 팝업 브랜드 직원과 아르바이트생은 머리부터 발끝까지 검은색으로 입고 신어야 한다. 그건 백화점이 정한 원칙이다.

문밖의 검은 그림자들은 표정이 없다. 그저 기계처럼 같은 행동을 무한 반복할 뿐이다. 산처럼 쌓였던 상자가 순식간에 사라졌다가 다시 자리 채우기를 반복한다. 복도를 오가며 그 작업을 볼 적마다 고향의 어판장이 떠올랐다. 새카맣게 탄 일꾼들이 나무 궤짝에서 생선을 꺼내 배를 가르고 내장을 꺼냈다. 손질한 생선을 얼음을 채운 아이스박스에 넣어 포장했다. 높게 쌓인 스티로폼 박스는 멀리서 보면 거대한 각얼음 덩어리 같았다. 상자들은 다음날이면 어김없이 사라졌고 그 자리는 공터가 됐다. 내용물만 다를 뿐하는 일은 이곳이나 그곳이나 비슷했다. 하지만 그곳에는 생기가 있었다. 날것의 생생함이 존재했다. 이토록 삭막하지만은 않았다.

콜록대는 기침 소리가 박스 테이프 뜯는 소리 사이에 섞였다. 콧속이 간질댔다. 내가 알던 백화점은 이런 구성맞은 공간이 아니었다. 바닥은 먼지 하나 없이 청결하고 진열된 상품들은 아무도 손댄적 없는 것처럼 정돈되어 있었다. 손님들이 아무리 물건을 헤집어놓아도 직원들은 항상 웃으며 응대했다. 얼마든지 다른 매장을 돌아보고 다시 들러달라며 깍듯이 허리를 숙였다. 그런 밝고 고급스러운 이미지를 생각하며 백화점 헬스 키퍼 자리에 지원했다.

기업체에 마사지사로 채용된 것은 이번이 두번째였다. 직업학교를 졸업해 처음 취업한 곳은 모바일 게임을 개발하는 IT 회사였는데 지금보다 월급이 적고 오전 여덟시 삼십분 출근이었다. 아침마다 지옥철을 타고 출근하는 것은 고문과도 같았다. 간신히 육 개월을 버티고 백화점으로 이직했는데 이런 지하 삼층 골방에 처박힐 줄은 몰랐다. 더욱이 손님이었을 때는 친절히 응대해주던 직원들이 반대 입장에 서자 진상으로 돌변할 거라고는 예상치 못했다.

백화점에 근무한 지 일 년 팔 개월이 되었다. 그동안 별별 일을 다 당했다. 직원들은 지하에 내려오면 숨겨두었던 진짜 인격을 그대로 내보였다. 어떨 땐 위에서 손님들에게 진상 짓을 당하고 내게 스트레스를 푸는 것 같았다. 이유 없이 트집을 잡거나 신경질을 내며 하대하는 사람들 때문에 나도 스트레스가 여간 쌓이는 게 아니었다.

끙 하는 소리를 내며 일어나 문 옆에 달린 전등 스위치로 손을 뻗었다. 불을 끄자 사무실은 동굴처럼 캄캄해졌다. 책상에 올려둔 스마트폰이 순간 밝게 빛났다. 이 시간에 연락을 해올 사람은 민솔뿐이었다. 나는 스마트폰을 집어들어 화면을 눈앞에 바짝 들이댔다. 민솔이 쉴새없이 메시지를 보내고 있었다. 눈으로 따라갈 수 없을 정도로 빠르게 채팅창이 올라갔다. 오늘 새로운 안마원에 아르바이트하러 간다더니 분위기가 최악인 모양이었다. 메시지의 주된 내용은 동료 마사지사와 접수 직원에 대한 험담과 괜히 아르바이트 자리를 옮겼다는 후회였다.

민솔은 어린애처럼 유치한 구석이 있어 조금만 잘해줘도 금세 마음을 여는 성격인데도 저러는 걸 보면 분위기가 꽤 각박한 듯싶었다. 나는 공감하는 표정의 이모티콘을 보내고 서로 낯설어 그럴 테니 네가 예의 있게 행동하라고 타일렀다.

—치! 아무튼 꼰대라니까.

민솔은 예약 고객이 도착했다며 마지막 채팅을 보냈다. 나는 웃음 이모티콘으로 마무리했다. 민솔과 나는 시각장애인 직업학교에서 만났다. 우리는 동갑내기로 당시 스물두 살이었다. 나는 지방에서 갓 상경해 서울에는 아무 연고가 없었다. 반면 민솔은 서울 토박이였다. 우리는 고향은 달랐지만 공통점이 많았다. 선천적 저시력 장애를 갖고 태어난 것도, 비장애 고등학교를 힘들게 졸업했다는 사실도 공감대가 되어주었다. 가정 형편도 고만고만했다.

나의 부모님은 평생 어판장에서 일용직 노동을 했다. 민솔의 부모님은 두 분 모두 시각장애인이었다. 민솔의 말로는 자신은 태어나면서부터 현재까지 임대 아파트를 벗어나본 적이 없다고 했다. 그는 자주 자기 부모를 비난하며 나라에 위탁해 사는 삶을 자랑스럽게 떠드는 부끄럼 모르는 철면피들이라 평가했다.

"야! 내가 직업학교 다니겠다 했더니 우리 엄마가 뭐라는 줄 알아? 일하면 수급비 떨어지는데 왜 일을 하려고 말리는 거야! 맹추처럼 굴지 말고 나도 평생 수급자로 살라는 거지."

민솔은 성인이 되자 작은 임대 아파트를 신청해 부모에게서 독립했다. 직업학교를 다닐 때는 부모와 절연한 상태였다. 직업학교에는 기숙사가 있었다. 나는 학기중에는 기숙사에 머물렀고 방학기간에는 민솔의 임대 아파트에 신세를 졌다. 이 년 과정의 마사지 교육이 끝나고 졸업 전에 취업이 확정됐다. 부모님께 손을 벌려 작은 월셋집을 얻었다. 민솔은 졸업 후에도 아르바이트만 전전했다. 취업을 해 소득이 잡히면 수급비가 떨어지기 때문이었다. 결국 민솔은 그토록 비난했던 부모의 삶을 답습하며 살고 있었다.

마사지 침대에 누워 담요를 뒤집어썼다. 다음 예약 직원이 올 때까지 자유 시간이었다. 일정표에는 삼십 분 단위로 휴식시간과 근무시간이 번갈아가며 짜여 있다. 하루 다섯 명이 정원이고 예약은 일주일 전에 미리 받는다. 전해듣기로 예약 경쟁이 꽤나 치열해 마사지사를 한 명 더 고용해달라는 민원이 있다고 했다.

백화점과의 고용 계약은 사 개월 남았다. 근로 계약서를 쓰던 날 인사과 직원은 계약 기간은 이 년이라고 못박았다. 혹시 무기 계약으로 전환해주지 않을까 하는 희망을 갖지 말라는 통보였다. 나는 불만을 품지 않았다. 헬스 키퍼는 대부분 이런 형태로 고용됐다. 백화점에서 내게 주는 복지 혜택이라고는 매달 지급되는 카페 쿠폰 열 장뿐이다. 백화점 사내 복지 차원에서 고용된 나는 정작 복지를 받지 못한다.

목이 간질간질했다. 커피를 마시고 싶었다. 직원 전용 카페테리

아는 지하 이층에 있다. 예약 손님이 없더라도 근무시간에 사무실을 비울 수는 없었다. 그 정도는 지켜야 한다고 생각했다. 처음 마사지사로 취업했을 땐 열의에 차서 최선을 다해 시술에 임했다. 학교에서 배웠던 갖가지 기술을 동원해 손님 하나하나 정성을 쏟았다. 그러면 회사가 나를 인정해줄 거라 생각했다. 내 열정이 안마를 받은 이들에게 전해질 거라 믿었다. 착각은 삼 개월 만에 깨져버렸다. 나와 나이가 같은 인사과 직원이 내게 안마를 받으며 작은 소리로 속닥댔다.

"샘, 너무 열심히 하지 마요. 내가 걱정돼서 하는 소리예요. 전에 계셨던 분도 얼마나 열심히 마사지해주셨는지 몰라요. 직원들도 만족도 조사하면 매번 최고라고 추켜세웠는데 결국 재계약은 안 됐어요. 그분도 억울하셨는지 회사에 부탁도 해보고 항의도 했는데 회사에서는 방침이 그렇다고 딱 잘라내버렸어요."

당시 나는 회사와 육 개월 인턴 계약을 했고 이후 근무 평가를 거쳐 일 년을 연장해주겠다는 통보를 받았다. 갑자기 현실 파악이 되며 내 처지가 자각되었다. 열정이 식어버린 자리에 이성이 들어찼다. 이곳에서의 현명한 근로 방식은 적게 일하고 말이 나오지 않을 정도만 힘을 쓰는 것이다. 죽자고 주물러봤자 월급 한푼 늘어날 일 없다. 직업적 성취감 같은 건 고용인이 만들어낸 사탕발림이다. 어차피 나는 계약직이다. 이 년 후면 바꿔치기당할 소모품. 그뿐이다.

두 팔을 뻗어 크게 기지개를 켰다. 저절로 윽 소리가 새어나왔다. 그때 갑자기 사무실 문이 벌컥 열려 소스라치게 놀랐다.

"엄마야!"

"오메! 놀래라. 불이 꺼졌길래 아무도 없는 줄 알았네."

나도 갑자기 문을 열고 들어선 미화 할머니도 서로의 비명에 더 놀랐다. 할머니가 전등 스위치를 눌러 조명을 켰다.

"애 떨어질 뻔했구먼. 왜 불을 끄고 있다. 깜깜해서 암것도 안 보이게 말이여. 근디 아가씨는 좀 보이지 않어?"

마포 걸레를 든 할머니가 걸레질을 하며 연신 나를 흘깃댔다. 나는 대답하고 싶지 않았다. 노인은 나이든 목소리와 달리 피부가 팽팽해 보였고 화장이 짙었다. 흰 두건 사이로 삐져나온 곱슬머리는 비정상적으로 새카맸다. 탐탁지 않은 감정을 속으로 구겨넣으며 침대에서 몸을 일으켰다. 혼자만의 시간을 방해받은 것도 짜증나는데다가 무신경하게 내 시력을 거론하는 것도 기분 나빴다. 노인을 상대하고 싶지 않아 입을 꾹 다물고 바닥만 보았다. 할머니는 천식 환자처럼 숨을 가쁘게 내쉬며 성의 없이 걸레질을 했다. 책상 아래와 침대 밑은 닦을 생각이 없는지 보이는 곳만 대강 문지르며 자꾸 나를 흘깃댔다.

"B1 식품관 방향 에스컬레이터 앞에 클린."

할머니 허리춤에 달린 무전기에서 청소를 지시하는 남자 목소리가 계속 흘러나왔다.

"B2, B3 미화 여사님들, B1로 지원 가세요."

무전기 속 남자가 연속해 지원 요청을 보냈다.

"으이구, 지랄. 쉬는 꼴을 못 보네."

할머니가 투덜대며 빈 의자에 털썩 주저앉았다.

"아이구, 잠깐 쉬었다 가야겠네. 그래도 되지?"

노인들은 통보를 부탁으로 착각하는 경향이 있다. 예의 없는 할머니가 더 싫어졌다. 대답하지 않고 디지털시계를 올려다봤다. 무전기에서 지원을 가라는 남자의 재촉이 계속 이어졌다. 그러나 할머니에게는 가닿지 않는 모양이었다.

"아가씨 전에 있던 장님 선생님은 완전 안 보이는 사람이었는데. 내가 화장실도 몇 번 데려다주고 그랬지."

묻지도 않았는데 노인이 공치사를 해대며 군불을 피웠다. 앞으로 뻔한 레퍼토리가 진행될 게 자명했다.

'나도 저 나이가 되면 저렇게 뻔뻔한 노인이 될까?'

보란 듯 표정을 와락 구기고 한숨을 길게 내쉬었다. 할머니는 내 정중한 경고를 무시하고 계속 자기 이야기만 했다.

"어깨랑 허리가 아파 죽겠어. 예전 장님 선생님은 이러고 청소해주면 고맙다 하면서 잠깐씩 만져줬었는데."

노인이 두 눈을 깜빡대며 나를 빤히 쳐다봤다. 어서 자기가 듣고 싶은 이야기를 하라는 듯 눈빛으로 재촉했다. 하지만 내게는 통하지 않는 술수였다. 나는 무시하고 계속 디지털시계로 시간을 살폈다. 할머니는 내게 자기 의도가 먹힐 것 같지 않자, 포기하고 심통 난 기색을 내비치며 의자에서 일어섰다.

"B3 오금복 미화 여사님 어디 계세요? 지원 가셨어요? 응답하세요."

무전기 속 남자의 목소리에 짜증이 섞였다. 노인이 무전기를 입에 대고 콧소리 섞인 목소리를 냈다.

"저 지금 헬스 키퍼실 청소중이에요. 금방 올라갈 거예요."

무전기를 다시 허리춤에 찬 할머니가 힘 빠진 걸레질을 하며 내 앞으로 다가왔다. 그러고는 오른손을 들어 내 얼굴 앞에 대고 흔들었다.

"이거 보여? 손가락 몇 개인지 알겠어?"

나는 황당하고 어처구니없었다.

"할머니! 지금 뭐 하세요? 이게 무슨 무례한 짓이에요."

황당한 희롱에 비명이 터져나왔다. 얼굴에 열이 화르르 오르고 손이 바들바들 떨렸다.

"잘 보네. 근디 무슨 장님이여?"

"미쳤어요? 이게 무슨 짓이냐고요."

화가 나서 돌아버릴 것 같았다. 노인을 잡아먹을 듯 쏘아봤다.

"어머머, 내가 뭐라 했다고. 보이나 안 보이나 물어봤다고 뭘 그렇게 예민하게 굴어. 요즘 애들은 오냐오냐 커서 그런가 싸가지가 없어. 어른한테 어디 그렇게 눈을 흘겨보며 대들어."

노인이 되레 역정을 냈다. 눈물이 와락 쏟아졌다.

"할머니가 먼저 선 넘었잖아요. 당장 나가요. 나가라고요."

"어머, 청소해주고 내 별소리 다 듣네. 허 참, 기막혀!"

할머니가 황당하다는 듯 나를 노려보고는 문을 쾅 소리 나게 닫고 나가버렸다. 나는 장애를 희롱당했다는 울분에 가슴이 미어지는 것 같았다. 침대에 엎드려 엉엉 소리 내 울었다.

'저런 인성이니 그 나이 먹고 청소나 하지. 늙은 주제에 천박하게. 얼굴은 화장으로 떡칠하고.'

온갖 악담을 입속으로 씹어 삼키며 분한 숨을 씩씩 내쉬었다. 늘 그랬듯 억울함을 삼키고 나면 가혹한 현실이 원망스러웠다.

'눈만 정상으로 보였다면 내가 여기서 이런 취급이나 받고 살진 않았을 텐데.'

내 신세가 처량하고 비참했다. 머릿속에 능력 없는 부모님을 향한 원망이 부풀어올랐다.

'왜 내 부모는 부자가 아닌 걸까? 하다못해 건강한 몸으로라도 낳아주지.'

엄마랑 아빠는 한평생을 시골에서 작은 텃밭을 가꾸고 어판장에서 생선을 다듬으며 살았다. 형편은 좋아지지도 나빠지지도 않고 만날 그 모양이었다. 내가 아는 한 두 사람 모두 평생 경제활동을 했는데 말이다. 그렇다고 오빠와 나를 위해 열성적으로 뒷바라지를 해주지도 않았다. 오빠도 나처럼 실업계 고등학교를 졸업해

대기업 생산직으로 취업했다. 지금도 삼교대 근무를 하고 있다. 우리 남매는 부모로부터 받은 게 하나도 없다. 그런데 엄마는 내가 취업을 하자마자 얼마씩이나마 용돈을 보내달라고 은근히 압박해왔다. 월세 보증금 해준 걸 인질 삼아 말이다. 사는 게 거지같았다. 누구한테든 내 답답하고 억울한 감정을 이야기하고 싶었다. 몸을 일으키고 티슈를 뽑아 눈가를 꾹꾹 눌러 닦은 뒤 스마트폰을 집어들었다. 민솔에게 전화를 걸었다. 아직 마사지가 끝나지 않았는지 전화는 연결되지 않았다. 문득 나도 민솔처럼 수급자로 살며 아르바이트나 다닐까 하는 충동이 들었다. 그게 지금보다는 더 속 편할 것 같았다. 들고 있던 스마트폰이 진동했다. 민솔일 거라 생각했는데 화면에 뜬 건 02로 시작되는 번호였다. 통화 버튼을 밀었다. 전화를 건 상대는 장애인 일자리 지원 센터의 담당자였다. 그는 간단히 내 인적 사항을 확인하더니 용건을 말했다. 백화점 계약 만기까지 근무할지 아님 슬슬 면접을 보고 다른 업체로 이직할지 선택하라는 것이었다.

사실 나는 만기까지 근무하고 몇 달간 쉬며 실업 급여를 탈 생각이었다. 이런 내 계획을 전하자 그가 놓치기 아까운 자리가 있는데 백화점 계약 만료 시기에 맞춰 이직할 수 있게 조율해놓겠다고 구슬렸다. 나는 업체 이름이 뭐냐고 물었다. 그는 면접 전날까지 알려줄 수 없다고 했다. 이유를 물으니 얼버무리며 업체 사정으로 비밀을 지켜야 한다고 핑계를 댔다. 실적을 올리기 위해 수

를 쓰는 걸 다 알고 있는데 웃기지도 않았다. 그가 어찌할지 확답
하라며 은근히 압박했다. 나는 생각해보겠다고 퉁기다 전화를 끊
기 전에 넌지시 물었다.

"아 참. 그래서 하루에 안마 몇 건이고 월급은 얼만데요?"

그는 몇 초간 뜸을 들이다 조건을 털어놓았다. 하루 여덟 건, 월
급 이백오십이라는 것이었다. 당연히 계약직이었고 무기 계약 전
환 불가라 했다. 나도 모르게 콧방귀가 새어나왔다. 상대가 뭐라
뭐라 상황 설명을 구차하게 했는데 더 듣지 않고 전화를 끊어버렸
다. 기업들은 장애인 고용률을 맞추기 위해 시각장애인 안마사를
채용한다. 장애인고용공단과 복지관은 기업과 마사지사를 연결하
고 근로 조건을 조율해준다.

생각난 김에 복지관 사이트의 채용 공고를 스마트폰으로 찾아
보았다. 최근 게시된 공지를 터치해 들어갔다. 월급은 백팔십만
원, 계약직, 하루 네 건 안마라는 내용이었다. 기업들이 단합이라
도 한 건지 근로 조건은 대부분 비슷했다. 어차피 내가 찾는 조건
도 적게 일하고 월급 이백만원 이하인 자리였다. 월급 이백이 넘
으면 장애인 연금이 깎이거나 중단된다. 어른들은 고작 몇십만원
나오는 장애 연금에 목숨 걸지 말라 하지만 내게는 그 돈이 정말
절실했다. 노동하지 않고 생기는 소득인 것은 둘째 치고 이 소득
수준을 유지해야 임대 아파트 신청 조건을 충족할 수 있다. 서울
에 살며 언젠가 내 집을 사겠다는 희망은 이미 버린 지 오래다. 그

172

나마 안정된 주거 환경을 마련하기 위해서는 임대 아파트가 최선의 방안이다. 암울한 내 미래를 생각하니 절로 한숨이 튀어나오며 신세 한탄이 쏟아졌다.

"전생에 무슨 죄를 지었다고 세상은 날 이렇게 괴롭히는 걸까?"

습관적으로 시계를 다시 올려다봤다. 열두시 오십육분이었다. 정각부터는 완전한 휴식시간 삼십 분이 주어진다. 할머니와의 실랑이로 커피 생각은 멀리 날아갔다. 아무에게도 방해받지 않게 문을 잠그고 편히 쉬어야겠다는 생각을 했다. 다음 시간에도 예약 고객이 오지 않았으면 하는 바람이 들었다.

침대에서 일어나 문손잡이로 손을 뻗었다. 그때 멀리서 복도를 달려오는 뾰족한 여자 구두 소리가 들렸다. 순간 불길한 예감이 뇌리를 스쳤다. 내가 문손잡이의 잠금 장치를 누르는 것과 동시에 밖에서 문손잡이를 비틀어댔다. 구둣발 소리의 주인은 문이 열리지 않자 문짝을 부서져라 두들겨댔다. 시간을 살폈다. 열두시 오십칠분이었다. 정해진 마사지 시간이 겨우 삼 분 남아 있었다. 이런 경우가 무척 곤란했다. 문을 열어 상대에게 상황을 설명해도 순순히 받아들이지 않을 게 뻔했다. 일단 떼를 써보고 통하지 않으면 히스테리를 부리는 게 그들의 수법이었다.

상대하지 말고 조용히 있을까 잠깐 고민하다 내가 죄진 것도 아니고 정해진 원칙을 준수할 뿐이라는 결론에 다다랐다. 문손잡이를 비틀어 잠금 장치를 풀었다. 키가 큰 여자가 문을 안쪽으로 확

열어젖히며 들어와 하마터면 얼굴을 부딪힐 뻔했다. 나는 멍하니 문 앞에 서 있었다. 긴 생머리 뒤로 지독한 향수 냄새가 그림자처럼 여자를 따라 들어왔다.

"제가 좀 늦었죠? 손님 때문에 이제 겨우 시간이 난 거예요."

여자는 침대에 걸터앉아 가만히 서 있는 나를 빤히 쳐다봤다. 나도 말없이 여자를 봤다. 모델처럼 얼굴이 작고 갸름한 스타일이었다. 여자는 긴 속눈썹을 팔랑대며 당당한 표정으로 내게 명령하듯 말했다.

"엎드리면 화장 망가지니까 앉아서 받을게요. 어깨랑 목 위주로 주물러주세요."

그러더니 여자는 손에 들고 있던 스마트폰에 시선을 고정했다. 나는 불쾌했지만 감정을 갈무리하고 디지털시계를 손으로 가리키며 매뉴얼대로 말했다.

"마사지는 매시 삼십분에 시작해서 정각에 끝나요. 삼 분 남았네요."

"헐, 정말요? 매니저 언니가 지금 가서 하고 오라던데요. 그럼 남은 시간이라도 해주세요."

"삼 분을요?"

내가 되물었다. 여자는 여전히 스마트폰만 들여다보며 대답하지 않았다. 나는 여자의 등뒤로 가서 생머리를 한쪽으로 젖히고 목을 주물렀다.

"좀 밑에요. 그리고 더 세게 해주세요."

나도 대꾸하지 않았다. 연신 눈으로 시계를 바라봤다. 곧 정각이 됐다. 나는 얼른 손을 떼고 끝났다고 말했다.

"헐! 지금 장난해요?"

여자가 고개를 돌려 어이없는 표정으로 나를 쏘아봤다.

"삼 분 남았다고 했잖아요."

"이게 안마예요? 이렇게 하고 월급 받아요? 겁나 얼척없어!"

본인이 월급을 주는 것도 아니면서 뭐라도 되는 듯 내게 훈계질을 하는 양이 기가 막혔다.

"분명 정각에 끝난다고 말했잖아요. 제시간에 왔으면 제대로 받았겠죠. 본인이 늦어놓고 왜 나한테 신경질이에요?"

여자가 침대에서 일어나 나를 노려봤다.

"나랑 장난해요? 나 여기 명품관에 있어요. 본사 사무실에 컴플레인 넣을 거예요."

나는 어깨를 으쓱 올려 보이며 맘대로 하라고 대꾸했다. 여자가 손으로 머리를 손질하며 나를 한번 쏘아보고 발을 쿵쿵 내디디며 밖으로 나갔다. 거칠게 닫힌 문을 흘겨봤다. 인격이 성숙하지 못한 직원들에게서 흔히 보는 모습이었다. 한마디도 안 했는데 말 걸지 말라는 둥 어차피 안 보이는데 불을 끄고 마사지하라는 둥 갑질을 해대는 인간들. 방금 나간 그 여자가 어느 럭셔리 브랜드에서 일하는지 물어볼 걸 그랬다는 후회가 들었다. 백화점과 계약이 끝나면 나도 그 브랜드 매장에 가서 받은 대로 갚아주고 싶다는 생각마저 들었다. 여자가 남기고 간 지독한 향수 냄새가 불쾌했다. 공기청정기 세기를 강으로 설정하고 출입문을 활짝 열어 고정시켰다. 여자의 흔적을 빨리 빼내고 싶었다. 복도를 흘깃 살폈다. 양쪽으로 검은 옷을 입은 사람들이 계속해서 택배 상자를 풀고 다시 포장하고 있었다. 쉬는 시간엔 보통 전등을 끄고 침대에 누워 편히 뒹굴대는데 괜한 미꾸라지 때문에 온전한 휴식시간을 망쳐 짜증났다.

의자에 앉아 스마트폰을 다시 들었다. 금세 코가 간질간질했다. 열린 문으로 바깥 먼지가 들어오는 모양이었다. 재채기가 나올 듯 말 듯 콧구멍을 간지럽혔다. 나는 얼른 책상 위 티슈를 두 장 뽑아 입과 코를 가렸다. 그리고 영혼까지 쏟아질 듯한 요란한 재채기를 티슈 위에 쏟아냈다.

찌익, 콜록, 훌쩍. 찌익, 콜록콜록.

문을 열어놓아서인지 복도에서 작업하는 소리가 선명하게 들렸다. 테이프 뜯는 소리와 콜록대는 기침이 마치 한 동작처럼 들렸다. 나는 쓰레기통에 휴지를 던져 넣고 고정했던 문을 닫았다. 불쾌한 향수 냄새는 여전했지만 먼지가 계속 방으로 들어오는 것보다는 나았다.

그때 누군가 문을 쿵쿵 두드리더니 내 대답도 듣지 않고 벌컥 열었다. 앞장서 들어온 이는 인사과장이었다. 그 뒤를 따라 좀 나이든 여자가 내게 표독스럽게 눈을 흘기며 서 있었다. 나는 안쪽으로 밀려 들어갔다. 방문객은 그게 끝이 아니었다. 마지막으로 방금 전 내게 클레임을 걸겠다던 여자가 얄미운 표정을 지으며 따라 들어왔다. 나는 안쪽 벽에 바짝 붙었다. 상황에 겁을 먹었다기보다는 공간이 옹색해 어쩔 수 없었다.

두 여자는 같은 흰 유니폼을 입고 있었다. 나는 가슴에 새겨진 명품 로고를 흘깃 살폈다. 그녀들은 인사과장 뒤에서 팔짱을 끼고 나를 노려봤다. 그 꼴이 유치하고 우스웠다. 한편으로는 조금 긴장되기도 했다. 인사과장은 귀찮아 죽겠다는 표정으로 나를 나무랐다.

"선생님. 평소 열심히 해주시고 직원들한테 평가도 좋았는데 오늘은 왜 그러셨어요. 우리 직원들 엄청 고생해요. 서로 풀고 안마 좀 시원하게 잘해주세요."

일방적인 조율이었다. 나는 억울했고 이대로 당하고 싶지 않았다. 내가 막 항변을 하려는데 인사과장이 듣기 싫다는 듯 내 입을 눌러버렸다.

"한 식구끼리 얼굴 붉힐 게 뭐 있겠어요. 자! 지금이라도 좀 해주세요. 서로 좋게 좋게 가자구요."

사무실 직원들의 태도는 늘 이런 식이었다. 사실관계와는 상관없이 강자의 편만 들며 권위로 내리눌렀다. 인사과장이 두 여자를 바라보며 뻐기듯 어깨를 으쓱댔다. 그들은 이대로 상황 종료라 여기는 모양이었다. 나는 수긍할 수 없었다.

"아뇨, 과장님. 지금은 제가 쉬는 시간인데요. 그리고 안 해주지 않았어요. 저분이 예약 시간 삼 분 남기고 오셔서 원칙대로 삼분 해드렸어요. 제가 뭘 잘못했는지 모르겠네요."

입속에 물고 있던 말을 빠르게 내뱉었다. 손끝이 조금 떨렸다. 분해선지 긴장해서인지 알 수 없었다. 인사과장은 짜증나 죽겠다는 표정으로 내게 시선을 돌렸다.

"선생님. 인정 없이 삼 분이 뭐예요. 좀더 해줄 수도 있잖아요. 같은 직원인데 서로 좀 이해해주고 그런 거 있잖아요. MZ세대라 그런가 유도리가 없으시네."

그의 힐난에 억울함이 복받쳤다. 눈가가 화끈하더니 눈물이 쏟아졌다.

"왜 저한테만 그러세요. 저는 회사의 원칙을 지켰을 뿐인데."

내가 울기 시작하자 인사과장이 나를 쏘아보던 나이든 여자와 시선을 맞추며 고개를 흔들었다.

"이거 직장 내 괴롭힘 아니에요? 저도 장애인고용공단에 오늘 일 이야기할 거예요. 여기 본사 노동청에 신고할 거라고요."

의도치 않았는데 목소리가 덜덜 떨렸다. 내 말이 끝나자마자 인사과장이 별안간 내 쪽으로 한 걸음 다가와 나를 가로막고 섰다. 그러고는 갑자기 태세를 전환했다. 순간 알았다. 이제 약자는 저들이었다. 그는 두 사람에게 내 말이 타당하다며 내 편을 들기 시작했다.

"매니저님, 시끄러운 일 만들지 맙시다. 들어보니 선생님 말이 일리 있네요. 백화점 방침 아시죠?"

나이든 여자가 항의했다. 하지만 처음의 그 당당한 태도와 달리 조금 기세가 꺾여 있었다.

"아무 일도 아닌 걸로 일 만들지 맙시다. 최대한 조용조용 시끄럽지 않게요."

인사과장의 목소리는 차분했지만 그 안에 서늘한 경고가 있다는 것은 모두가 알았다. 그가 돌아서서 나를 봤다. 억지로 짓는 자애로운 표정이 조금 웃겼다.

"선생님, 기분 상하셨다면 마음 푸시고 신고 같은 건 참아주세요. 이제 계약 기간 얼마나 남으셨다고. 이때까지 근무 잘하셨잖아요. 유종의 미를 거두시고 깔끔하게 마무리하자구요. 오늘 일은 제가 사과할게요."

깍듯한 협박이었다. 나는 눈물을 손등으로 훔치며 고개만 작게 끄덕였다. 인사과장이 두 여자를 밀듯이 문밖으로 내몰았다.

"자! 각자 자리로 돌아갑시다. 선생님은 괴롭히는 사람 있으면 제게 바로 이야기하시고. 서로 기분 풉시다. 모두 자기 자리에서 수고하세요."

인사과장이 복도가 쩌렁하게 소리쳤다. 나는 좀 으쓱해졌다. 사람들이 모두 빠져나가자 순간 사무실이 넓어진 것 같은 착각이 들었다. 천천히 문 앞으로 다가갔다. 패잔병이 되어 돌아가는 힘 빠진 구둣발 소리가 희미하게 들렸다. 나는 슬쩍 입꼬리를 끌어올렸다.

찌익 찌익.

갑자기 테이프 뜯는 소리가 경쾌했다. 드디어 문을 잠그고 침대에 누웠다. 고개를 살짝 들어 시계를 살폈다. 한시 십삼분이었다. 쓸데없이 십삼 분을 낭비했다. 천장에서 새하얀 조명이 쏟아졌다. 눈이 시큰했다. 다시 눈물이 났다. 이번에는 억지로 짜낸 눈물이 아니었다. 내가 이긴 거나 다름없지만 사는 게 지겹고 내 운명이 가혹하다는 생각이 들었다. 새로 직장을 구해야 한다는 사실도, 월셋집을 전전해야 하는 현실도, 어설프게 보이는 시력도. 나는 이렇게 구질구질하게 지하실에서 손가락 부러지도록 남의 몸을 주물러대고 있는데 내 머리 위에서는 몇백만원짜리 가방을 척척 계산하는 이들이 있다. 백화점에서 한 달에 몇억을 쓰는 이들이 있단다. 매일매일 백화점에 출근하듯 놀러와 입고 온 옷을 몽땅 버리고 새 옷으로 갈아입고 새 구두를 신고 돌아가는 이들이 있다 한다. 세상은 불공평하고 나는 영원히 지하실이나 전전하며 누군가의 감정 쓰레기통으로 살아야 한다. 이런 내 미래가 가엾고 불쌍해서 울었다.

책상에 올려둔 스마트폰이 진동했다. 나는 손등으로 눈물을 훔치며 일어나 스마트폰 화면을 들여다봤다. 민솔에게서 전화가 오고 있었다. 눌러놨던 감정이 되살아났다. 민솔에게 이 억울함을 막 쏟아놓으려 하는데 민솔이 한발 빠르게 자기 울분을 내밀었다.

"정말 짜증나 죽겠어. 뭐 이딴 곳이 있냐! 알바라고 힘든 진상 손님은 다 나한테만 밀어대는 거야. 이게 텃세지 뭐니? 노인네들 은 일 욕심이 가득해서 양보도 없어! 보면 시각장애인들이 더 못 된 것 같아. 치사해서 알바 다니겠냐! 이럴 땐 난 네가 부럽다."

나는 한마디도 못하고 듣고만 있었다. 목소리가 울리는 것으로 보아 화장실에 숨어 통화를 하는 모양이었다. 오늘 민솔의 하루도 결코 녹록지 않아 보였다. 밖에서 누가 부르는지 민솔이 급하게 통화를 맺었다.

"나 일 들어가래. 이따 저녁에 다시 전화할게."

귀에 대고 있던 스마트폰을 내려놨다. 민솔의 하소연을 듣는 사 이 얼굴이 바짝 말라 피부가 당겼다. 손거울을 꺼내 얼굴을 들여 다봤다. 화장은 모두 뭉개져 있었다. 쿠션을 꺼내 퍼프로 눈가부 터 두들겼다. 입술도 새로 발랐다. 끝없이 가라앉던 기분이 민솔 과 통화를 하며 진정됐다. 민솔이 측은해지며 내 현실은 민솔보다 는 덜 불행하다는 생각이 들었다. 그 사실이 날 위로했다.

디지털시계를 보았다. 한시 이십칠분이었다.

"제발, 다음 예약 손님도 오지 마라!"

나는 주문처럼 내뱉었다. 최대한 적게 일하고 싶다. 최선을 다 해 살고 싶지 않다. 나는 스마트폰으로 찍어둔 이번주 구내식당

식단표를 찾아봤다. 오늘 저녁은 맛있는 메뉴가 나오면 좋겠다. 오늘 밤 민솔에게 자랑할 수 있게.

둘이라면
유니온

황
모
과

○
황모과

2019년 한국과학문학상 중단편 부문 대상을 수상하며 작품활동을 시작했다. 소설집 『밤의 얼굴들』 『스위트 솔티』, 장편소설 『우리가 다시 만날 세계』 『서브플롯』 『말 없는 자들의 목소리』 『그린 레터』, 중편소설 『클락워크 도깨비』 『10초는 영원히』 『노바디 인 더 미러』 『언더 더 독』이 있다. 2021, 2024년 SF어워드, 양성평등문화상 신진여성문화인상을 수상했다.

1

"부진님, 부자인가봐요?"

"맞아요. 저 엄청 부자예요."

일본인 동료가 별 뜻 없는 농담을 하기에 오늘은 나도 '공기를 읽으며' 장단을 맞췄다. 일본어로 공기를 읽는다空気を読む는 말은 괜한 말로 분위기를 깨지 않고 주변 흐름에 잘 맞춘다는 뜻인데 그건 일본 조직 생활에 꼭 필요한 덕목이다. 한국에서도 '상대방의 비위를 맞추는 일'은 사회인에게 중요한 자질이지만 한국어 표현은 상하 관계에 좀더 집중된 뜻일 터. 반면 일본어 표현은 튀지 말라는 금기의 뜻이 좀더 강하다.

의미 없는 농담이라지만 남의 속도 모른다 싶다가도, 굳이 남의 속을 다 알아야 할 필요가 있을까 싶어져 납득했다. 그러니 마이너스가 제로가 되는 일은 1이 2나 10이 되는 것보다 훨씬 큰일이며, 그래서 내가 요즘 갑자기 부자가 된 것과 맞먹는 기분이라는 사실도 자세하게 설명할 필요는 없었다. 어차피 나는 공기를 잘 못 읽기도 하고 안 읽기도 한다. 내가 일본 조직에서 살아남은 건 이 K-멘탈리티 덕이다. 멀티 플레이어임을 어필하면서도 일인분 급여만 탐하는 한국적 겸허함. 내가 아는 한, 그건 문과 출신 한국인의 공통 자질이다. 살뜰히 휴가를 챙기는 일본인 직원보다 생산성 면에서 효용도 크다. 나는 수당만 제대로 정산해준다면 휴가 따위 기꺼이 반납할 수 있었다. 이를 불이익이라 생각하지 않는 자발적 희생 정신이 일정 정도 평가받아 일본 기업에서 버텨왔다고 자부했다.

한국에서 이십대 후반까지 여러 중소기업을 전전하다 만화가를 꿈꾸며 일본으로 워킹 홀리데이를 떠나왔다. 만화가 어시스턴트로 일하면서 편의점, 레스토랑, 청소 아르바이트를 했다. 저임금 고노동 철야, 삼중고를 감수했기에 오버스테이를 아슬아슬하게 피하며 계획보다 오래 버텼다. 끈기였든 집념이었든 집착이었든 간에 포기를 미룬 건 내가 생각해도 대단했었지만 끝내 원래 목적이었던 만화가로 데뷔는 못 했다. 남은 건 해외에서 창작자로 살겠다는 호기로운 꿈을 꾼 죗값. 궁상맞을 정도로 아껴 살았는데도 생활비로 잔뜩 빚을 진 상태였다. 엎친 데 덮친 격으로 어머니가 위암을 선고받은 참이라 당장 돈이 급했다. 그때쯤엔 재능 없음을 진즉 받아들인지라 미련 없이 항복을 선언하고 한국에 본사를 둔 테크 기업 제이케이콥에 재취업했다. 서른 중반을 넘긴 나이였다.

비정규직으로 채용되었다가 운좋게 정직원이 되었다. 월급 반절은 어머니 병원비와 생활비로 해외 송금했다. 서울과 도쿄, 양쪽 생계를 감당하느라 남는 게 없었지만 빚 갚는 맛은 꽤 달콤했다. 엔화 가치가 점점 떨어지면서 해외 송금액이 줄어드는 바람에 일본 경제를 우려하는 처지가 된 것도 글로컬시대 직장인의 고뇌로 여겼다. 반년만 더 하면 이제 제로, 남들은 좀처럼 못 느낄 벼락부자 심리를 만끽할 참이었다.

얼마 전에는 일본 사업 확장에 포부를 품은 한국 본사 사람들이 도쿄로 몰려와 제이케이콥에도 글로벌 부서가 여럿 탄생했다. 일본 지사에 채용되었던 나는 사내에서 AI 프로젝트를 주로 담당하는 한일 협업 팀에 투입됐다. 그동안 드라마나 소설에서나 보던 한국 테크 기업 엘리트들을 대거 상사로 모시게 됐지만 사실 사람들도, 업무도 그리 드라마틱하진 않았다. AI 프로젝트라는 거창한 부서명이 무색하게 한국에서 이미 개발이 끝난 서비스의 일본어 현지화 사업이 대부분이었고 단순 잡무가 무궁무진했다.

다른 짬을 낼 수 없을 정도로 연일 야근이 이어지던 그즈음 출퇴근길 지하철에서 스마트폰으로 소설을 쓰기 시작했다. 열정이

나 성실함, 창작욕 같은 숭고한 동기는 아니었고 영혼까지 늪에 잠겨가는 듯한 일상에 숨구멍이 필요했다. 기분 전환이 될 무언가를 찾아내고 싶었지만, 그걸 매일 오가는 길을 벗어난 곳에서 찾을 여유까진 없었다.

"부진님, 한국에서 유명한 소설가라면서요?"

점심시간, 사내 식당에 동료들과 모여 앉아 있는데 옆자리에 있던 다른 팀 직원이 말을 걸었다. 사내 루머나 평판에 예민한 것도 직장인의 생존 전략이라지만 오해에서 기인한 소문을 대하자 대처하기 민망해졌다.

"아닙니다. 그거 와전된 거예요."

공교롭게도 동명이인인 한국 본사 동료가 소설가로 화려하게 데뷔했다. 매번 그쪽 부진님에게 가야 할 업무 문의가 나한테 오더니 기어이 이상하게 꼬이고 말았다.

"부진님, 이번에 책 내고 집 샀다면서요?"

오해를 한번 더 꼬이게 한 건 옆에서 리안이 던진 농담이었다. 소문이 팩트로 변신하며 공기 흐름을 바꿨다. 나와 무관한 이야기가 스고이, 하는 감탄과 함께 퍼지는 게 보였다. 나는 곧장 리안을 타박했다.

"요즘 소설가가 어떻게 인세로 집을 사요?"

조금만 사정을 알아도 재미없는 농담이었다. 그렇게 말했는데도 여전히 어떤 이들은 나의 부정을 겸손으로 해석했다. 동명이인 소설가의 영광을 가로챈 기분이었다. 한 사람 한 사람 찾아가 부정할 수도 없고. 뭐, 다들 곧 잊을 테다. 나도 언젠가 태국 지사 평사원 중에 왕족이 있다는 이야기에 스고이, 하고 말았는걸. 팩트든 오해든 소문의 무게감이란 그런 거려니.

나에 대해 떠도는 얘기를 대충 들어넘긴 뒤 리안과 회사 앞 타마리바 카페로 향했다. 식후 커피를 마시며 리안이 냉소했다.

"직장인들이 더 필사적인 시대예요. 그러니 칼럼 쓰고 출판하고 강연도 가고 유튜브도 하고…… 근데 너무 밖으로만 나돌면 사내에 붙잡을 끈이 없다는 뜻이던데."

우리는 개발자 컨퍼런스에 연사로 나선 개발4팀 이토 씨를 동시에 떠올리며 납득했다. 네임드일수록 '와케아리訳ァリ'다. 그 말은 직역하면 이유가 있다는 뜻인데, 하자가 있거나 사고가 있어 값싸게 에누리한 상품이라는 뉘앙스를 담고 있다.

"근데 리안도 한국에서 외제 차 몰았었다고 소문났던데요?"

"미니 중고요. 단종된 거."

"오, 그건 팩트였네요. 나와는 달리."

"이러니까 가격이나 성능이 아니라 상징이 실속이라니까요."

리안과는 종종 점심시간 전후로 커피 브레이크를 가졌다. 주로 내가 뭘 물어봐야 할 때 리안에게 SOS를 요청하는 경우가 대부분이었다.

일본에서 만난 한국인 동료 리안은 나이는 나보다 두 살 어리고 업계 경력은 나보다 십 년쯤 위였다. 커피값을 자주 내주는 것만으로도 리안이 시니어급 품격(높은 연봉)을 갖췄다는 점을 부정할 수 없었다. 근데 쟤는 영어 이름도 테크 기업에 잘 어울리게 지어놓고 왜 라이언이 아니라 리안이라는 독음을 고집하는지? 다른 질문엔 잘 답하면서 이 건만은 회피하는 이상한 신비주의를 추구하긴 했지만, 그럭저럭 잘 맞는 동료였다.

"내가 아예 쓸모없진 않을 텐데 이 팀에선 왜 이런 취급을 당하는 걸까요?"

리안과 마주하자 이것저것 푸념이 쏟아졌다. 회사에서의 나의 용도와 가치에 대해 물었는데 리안은 그걸 욕망이라고 짚었다.

"부진님, 회사에서 가치를 인정받고 싶은 건 과한 욕구죠."

"아니, 인정욕은 좀 있어야죠? 그래야 성과도 나고 출세도 하고!"

승진을 꿈꿔본 적도 없으면서 나는 발끈했고, 리안은 눈썹 끝을 끌어내린 채 그런 나를 안쓰럽게 바라보며 답했다.

"그건 부진님이 주니어처럼 풋풋한 심정이기 때문이고요."

나는 리안에게 SOS 커피를 요청한 이유를 꺼내들었다.

"시니어급 리안은 회사에서 포르노 본 적 있어요?"

리안이 쏜 타마리바 커피를 쥔 내 손이 조금씩 떨리기 시작했다.

"아무리 모니터링 업무라지만 포르노를 봐야 한다고요. 걔들,

나한테 일부러 이러는 거잖아요."

　말을 마친 뒤 슬쩍 콧물을 닦았다. 이런 일로 울먹이다니, 사회생활 하수임을 자인한 셈이었다. 어떤 잡무든 감당할 결기가 있었지만 한국인 팀장이 나를 좌천시키려는 걸 버틸 깜냥은 모자랐다. 리안이 어린이에게 성교육하듯 느긋하게 설명했다.

　"부진님, 그거 어려운 업무 아니에요. 앱 하나를 론칭할 때마다 그냥 일률적으로 하는 작업이라고요. 기획자로선 그냥 한숨 돌리는 시기가 왔다고 생각하세요."

　회사에서 갖가지 모멸감을 마주할 때면 나는 리안을 찾았다. 도쿄로 건너온 한국인들은 왜들 상대를 멸시하는 언사를 기본 탑재하고 일하는 걸까? 한국 리더들의 업무 방식과 언행을 납득하려면 경험자의 해석이 필요했다. 같은 한국어지만 번역이 필요했다. 리안은 나의 통역자였다.

　이국에서 오랜만에 한국적 노동 현장을 겪으려니 적응이 잘 안 됐다. 무엇보다 말이 잘 안 통했다. 듣기는 되는데 스피킹이 안 된달까. 두 언어를 다 알다보니 메일과 채팅방에 문장을 쓸 때마다 자동 번역에 통용될 표현을 고르다가 번역기 말투가 되곤 했는데 그 점도 지적을 받았다. 말이나 글보다는 저들의 조직 문화에 따를 생각이 없어 보이는 것(비위를 맞추지 않는 태도)이 더 근본적인 문제였을 테다. 나이가 있는 주니어를 다독여가며 키우기도 어려웠겠지. 일본의 보수적인 '소비자안전법'에 맞춰서 제출한 기획안은 한국 직원들에게 사업 의지가 있는 것이냐는 추궁이나 들었다. 각자의 본거지에서라면 별다른 토론이나 논쟁이 일어나지 않을, 지극히 일반적(이라 여기는) 상황을 두고 서로가 상대를 특수하다고 느끼고 있었다. 국적과 언어만 같을 뿐 인생의 궤적이 달라 도통 말이 통하지 않았다.

리안의 시니어다운 조언에 투덜대며 반응하긴 했지만 나는 그의 통역에 또 한번 슬쩍 납득하고 있었다. 내 얘길 들어주고 조언해주는 사람은 리안뿐이니 조만간 또 의지하게 될 거였다. 담에 맥주 한잔하자는 한국식 빈말을 주고받으며 우리는 사무실로 복귀했다.

"어차피 날 잡으려 하면 바쁘다고 할 거면서요?"

"역시 부진님. 그걸 굳이 추측해 의심하다니 일본 회사에서 계속 일해온 사람답군요."

"크크. 그런가요?"

업무 시간 외에 만날 정도로 리안과 친한 건 아니었다. 직장 동료 이상의 친밀함을 굳이 원하는 것도 아니면서 나는 괜히 투덜댔다. 회사 사람과 꼭 친구가 되어야 할 이유도 없겠지.

식은 타마리바 커피를 물 삼아 해외 직구한 카페인 알약을 들이켰다. 오후에도 할일이 산더미였다.

2

AI 프로젝트 부서의 기획팀이 담당하는 일은 초미세먼지 같은 크기의 단순노동이 대부분이었다. 한때 실속 없이 마케팅만 떠들썩했던 음성 기반 AI 디바이스는 각 회사에서 생산 중단을 선언했지만 잔잔하게나마 투자가 이어지고 있어 AI가 일자리를 다 없앨 거라는 말은 그리 체감되지 않았다. 카 내비게이션, 문자 인식 OCR, 음성 노트장, 전화 응대 보이스봇, 성문聲紋 인식, 문장 및 이미지 생성 등 파생 사업은 계속되었다. 미디어에서 언급되는 인공지능이 수놓는 화려한 미래 도감이나 강대국들의 주도권 싸움과는 무관하게, 현장은 대량으로 배출된 잡무에 파묻혀 허덕거렸다. AI가 학습할 데이터와 학습 결과를 도출한 데이터를 일일이 수작업으로 정리해야 했는데, 마치 몸집이 거대한 유아의 입에 먹을 것을 나르고 배변을 처리하는 기분이었다.

처음 담당한 일은 에러 처리였다. 음성 인식 서비스를 기반으로 한 앱이 스토어에서 혹평 일색이었다. 띄어쓰기가 없는 일본어의 특징 때문에 음성 인식률이 매우 낮았다. 한국어에는 없는 문제라 한국 개발팀으로서는 새롭고 귀찮은 이슈였다. 에러 처리를 위해 급조한 단순 툴 페이지에 기획팀이 죄다 달라붙었다. 음성 분석으로 일괄 처리되지 않는 사항마다 수동으로 명령어를 입력해줘야 했다. 이건 뭐라고 말하면 좋을까, 자이언트 베이비가 턱받이에

흘린 이유식을 다시 입에 넣어주는 일이랄까.

얼마 후에는 다국어 챗봇 자동 응답 서비스가 끊어졌다는 제보가 들어와 심야에 갑자기 단톡방으로 소집됐다. 입력된 질문을 보고 직접 답변을 입력한 뒤 시스템에 돌려주었다. 이런 식으로 AI를 활용한 서비스의 뒷면에 그것을 보조하는 우리 같은 사람들이 있었다. 시스템 수정과 정확도 개선처럼 시간이 걸리는 근원적인 대책보단 사람을 써서 막는 게 압도적으로 빠르고 저렴했다. 단, 뉴스에 보도된 제이케이콥의 AI 기술이 지닌 현 시점 완성도에 대해 의문을 품지 않는 게 좋았다.

AI가 생성한 한국어 문장을 평가하는 업무도 일부 담당했다. 크롤링한 데이터로 학습했다는, 순식간에 쏟아내는 말들을 들여다보니 촌스럽기 짝이 없었다. 특히 블로그와 SNS가 학습 교재였다니 그럴 수밖에. 데이터들을 들여다보며 작가가 되겠단 결심을 굳혔다. 적어도 인간 작가들은 블로그의 마케팅용 자료와 트위터의 밈을 조합한 어디서 본 듯한 글을 고품질이라거나 명작이라고 생각진 않으니까. 세상에 아직 이런 건 없지 않나, 시장에 이런 게 더 필요하지 않나, 하는 발상은 크롤링해 재배열한 데이터에는 아예 없으니까.

처음엔 영유아 돌봄 같던 업무가 AI와 조금씩 친숙해지니 아직 걸음마를 못 뗀 로봇의 등을 뒤에서 밀고 있는 듯 느껴졌다. 대량으로 긁어왔다는 데이터를 엑셀로 재정리해 전용 툴에 업로드

하고 이미지에 설명을 달고…… 리듬을 타며 반복적인 복붙 액션을 하다보면 어쩐지 광대한 논밭에서 호미질하는 것도 같았고 가내수공업 하는 기분이 들기도 했다. 뉴스에서 본 'AI 인형 눈 붙이기'라는 표현은 심금을 울렸다.

그래도 서비스 뒷단을 담당하는 업무는 할 만했다. 뿌듯할 때도 있었다. 내가 담당했던 라벨링 작업이 자율주행 시스템의 객체 인식 능력을 향상시켰다는 이야기를 들었다. 운전면허도 없는 나로선 가치를 체감하기 어려웠지만 회사가 신년사를 통해 자부할 지점이 있다고 나 대신 피력해주었다.

작업량이 폭발적으로 많아지면서 라벨링 업무는 한국 아르바이트생들을 고용해 외주를 주었다. 건당 이십원, 재택 근무. 수많은 라벨러들을 관리하는 외주 매니저는 최저 시급을 받았다. 그들은 아르바이트라지만 업무 속도가 빠르고 상황 판단력도 좋았다. 건당 이십원과 최저 시급을 받을 실력들이 아닌데. 박봉이어도 감수하려는 사람이 많았다. IT기업에서 프로젝트를 경험한 것 자체가 스펙이 된다는 얘기를 들은 기억이 났다. 그저 이력서 한 줄이라고 폄하되기도 하지만, 그 말 이상의 상징을 그들은 하나 얻게 되는 셈이었다. 그러니까 와케아리도 아니면서 에누리 대접만 받는 거였다.

프로젝트들이 몇 개 깨지고 공중 분해되면서 후쿠오카 팀과 줌

미팅을 이어가는 것이 주 업무가 되었다. 종종 후쿠오카 팀이 도쿄로 상경했다. 일본은 지역별로 최저 임금이 달라 어느 정도 궤도에 진입한 업무는 후쿠오카나 오키나와처럼 임금이 낮은 지역으로 할당됐다. 이건 일본 기업체의 분업 방식인데 도쿄나 오사카 등 대도시에 있는 본사에서 기획, 디자인, 개발을 담당하고, 후쿠오카나 오키나와 지사에서 QA(테스트팀)나 CS(고객지원팀) 등 프로젝트의 사후 처리, 패턴화된 업무를 담당한다. 미국 기업체가 필리핀에 콜 센터를 두는 것과 비슷하다고 할 수 있다. 지방 지사에도 일본인은 물론 한국인, 중국인 직원이 많았다. 한국에서 파견되어 온 엘리트들을 위한 통역은 지원되지만 후쿠오카 업무에 배치된 통역은 없었다. 그러니까 지위 면에서나 임금 면에서 아래쪽에 위치할수록 언어에 통달하고 보상은 짰다. 피라미드 모양의 사내 카스트는 숨은 고수의 숫자를 나타내는 것이 분명했다.

신규 앱에 블랙리스트 기능이 적용되는 과정은 원활했다. 나로서는 처음 하는데다 포르노 감시라는 표현 때문에 굴욕적으로 느낀 일이었지만 후쿠오카 팀은 유사한 업무를 매번 반복하고 있었다. 업로드된 이미지나 영상을 등록하기 전에 피부색의 비율과 패턴을 감지해 블랙리스트로 걸러낸다. 리안의 조언대로였다.

포르노 필터링을 안내하는 방식에서도 경험치가 드러났다. 설명회를 진행하던 후쿠오카 팀의 세키 씨가 차분하게 설명했다.

"그로테스크한 장면이 잠시 비칠 수 있으니 눈을 살짝 실눈으로 만들어주세요."

듣는 사람으로서도 깜짝 놀라거나 충격을 표하면 업무적 노련함이 없는 것이다.

업무의 일환으로 포르노를 걸러야 하고, 그래서 회사에서 포르노를 (시청까지는 아니어도) 지켜봐야 한다는 모멸감은 후쿠오카 멤버들과 발맞추면서 싹 사라졌다. 포르노 필터링 담당자들이 가장 직업윤리가 뚜렷하고 성인지 감수성이 빛난다고 느꼈다. 심지어 도쿄로 출장 온 세키 씨는 나를 본사 사람이라며 반겨주었고 약간 동경하는 기색까지 내비쳐 당황스럽기까지 했다.

"부진님, 한국에서 와서 프리랜서로 일하다가 제이케이콥에 재취업을 했다고요? 그러다 정직원이 됐다고요?"

스고이, 라는 표현이 잠재된 눈빛이 부담스러웠다. 내 현재 처지와는 전혀 어울리지 않는 말이라 손을 내저었다.

"세키 씨, 저 잘리기 직전이에요."

그때 나의 유일한 욕망은 퇴근 후엔 업무를 싹 잊을 수 있는 편의점이나 레스토랑에서 하루 다섯 시간만 일하면서 투고 사이트에 월 한두 편 단편소설을 올리고 싶다는 것이었다. 곧 퇴사하겠다고 무언의 각오를 외치는 것만이 새로 발견한 숨구멍이었다. 소설 쓰기보다 훨씬 간편했다.

세키 씨가 후쿠오카에서 꼭 보자며 일본식 작별 인사를 건넸다. 업무 성격상 출장비는 안 나올 것이고, 그냥 퇴사하면 여행을 가야겠다고 생각했다. 퇴사한 신분으로 일본인 동료와 만날 수 있을지는 미지수였지만 세키 씨가 취미로 하는 록 밴드의 SNS 계정을 알려준 걸로 미루어 친분은 생겼다고 믿었다.

좌천됐다는 생각, 블랙리스트 관리 업무가 벌이라는 생각은 세키 씨 덕에 사라졌다. 그건 이 업무를 오래 담당해온 사람들을 감옥으로 보내는 셈이었다. 앞으로도 이 일을 해나갈 사람들을 무기수로 만들면 안 되었다. 블랙리스트라는 용어에 대한 선입견도 사라졌다. 신규 프로젝트에서 다 같이 패닉 상태로 헤매며 서로를 욕하던 지난 몇 달보단 마음도 편했다. 반복적인 정형 업무를 경험하는 것도 제법 신선했다.

임원들이 신년사에서 나열했던 혁명적 미래가 요원해지자 회사에 침울한 분위기가 감돌았다. 신규 프로젝트의 실적이 잘 나오지 않자 카오스가 시작됐다. 대표가 같은 시기에 똑같은 프로젝트를 사내의 여러 팀에서 동시에 돌리기 시작했다. 경쟁을 붙여 가장 좋은 것을 취하겠다는 계산이겠지만 누군가 높이 뻥 찬 공을 향해 동시에 달려가는 현장의 자괴감까지 대표가 케어할 리 없었다.

긴급하게 새로 구성되어 불려간 지역 정보 TF팀엔 일본인과 한국인이 반반이었는데 두 나라 조직 문화와 특징을 구분해서 생각하지 않아도 될 만큼 분위기가 엉망이었다. 파견직 초년생 일본 여성 네 명과 같은 팀이 되었다. 내가 리더는 아니었지만 팀원 중에 정규직이 나뿐이라 그 네 명을 다독여야 하는 입장이 되었다. 팀원들이 이런저런 일로 나를 불렀다. 실제 통역으로도 불렀고, 한국인 상사를 이해하려는 해석 통역을 위해서도 불렀다. 내가 귀찮게 불러냈을 때 리안도 조금은 기뻤을까. 누군가 나를 필요로 한다는 건 착각이어도 기분좋았고 소속감과 책임감도 생겼다. 단, 양쪽과 소통하느라 욕도 두 배로 먹었다.

더 큰 문제는 업무가 단조로울 때 팀원의 자율성이 기대되지 않고 근태 관리나 충성도가 더 요구된다는 점이었다. 그 와중에도 한국 관리자들이 자기에게 익숙한 스타일만을 고수하는 너무도 한국적인 상황이 이어졌다.

특히 한국인 팀장은 나이는 젊은데 고압적이었다. 자기 딴에는 농담인 인격적인 모독을 입버릇처럼 했고 퇴근 시간에 다음날 아침에 쓸 회의 자료 준비를 지시했다. 소통이 불가능하고 교감이 안 되는 사람이었다. 내가 보기엔 팀장은 특정 임원과 거의 뇌가 동기화된 것 같았다. 유독 이 업계에서, 나이도 젊고 유학 경험도 있고 꽤 합리적이고 유능해 보이는 사람들이 임원과 미팅을 하고 농담 몇 번 나눈 것만으로 임원 마인드를 복사 및 탑재하게 되는 것이 좀 의아했다. 뭐, 임원과 동기화하지 않았는데도 이미 사장 마인드인 사람들도 많으니.

팀장은 노조도 미워했다. 판교 오피스로 출장을 갔을 때 IT 노조원들이 돌린 가입 신청서 전단지를 소리 나게 찢어 쓰레기통에 버리며 주위에 다 들리도록 핀잔했다. 오, 저게 말로만 듣던 MZ 꼰대?

그래, 나도 초년생일 땐 몰랐다. 혼자 어떤 벽이든 뚫을 수 있는 사람, 혼자서도 멋지고 훌륭한 사람에겐 노조가 필요하지 않을 수도 있다. 하지만 이제는 안다. 이 업계는 노조가 필요하지 않을 정도로 유능한 사람들만 모여 있다기보단, 노조가 필요하지 않을 만큼 독보적이어야 한다는 분위기 속에 모두 고립되어 있다는 것을.

임원의 밤낮 가리지 않는 지시를 팀장이 필터링 없이 팀으로 내려보내고 있어서 그야말로 필터링이 필요했다. 개별 면담 시간에도 건의했지만 태도에 변화가 없는 팀장에게 현장의 불안을 전해야 한다는 생각에 회의 시간에 재차 발언했다.

"팀장님, 일본에선 파견직에게 일정 시간 이상 야근을 강요하면 안 됩니다. 이거 외교 문제 됩니다."

회의가 끝나자마자 팀장이 나를 따로 불러 정색했다. 팀원들에게 정규직 전환을 약속했다며 문제 되지 않을 거라 했다. 팀장은 다른 팀원들과 개별 면담을 이어갔고 곧장 나를 음해하는 말들이 들려왔다. 내가 일본 팀을 따로 만들어 팀장이 되고 싶어서 현재 팀워크에 훼방을 놓고 있다는 거였다. 회의에서 한 발언으로 인해 현장의 불안이 해소되기는커녕 갈무리가 안 되는 지경에 이르렀다. 그것마저 내 탓인 것 같아 자리에 어울리지 않는 책임감을 느꼈고 그것이 괴로웠다.

답답한 마음에 커피 마시자고 리안을 불러놓고는 아무 말도 할수가 없었다. 리안도 대충 상황을 아는지 우리는 동시에 한숨만쉬었다. 드라마 보면 해외에서 외국계나 다국적 기업 들어가 일하는 거 되게 멋지던데. 일본이 아니었다면, 한국과 협업한 프로젝트가 아니었다면 드라마처럼 멋진 일들을 좀 만났을까?

"그래도 리안은 여기 올 때 한국 임원한테 면접 봤으니 일드에서 보던 사회초년생 정장은 안 입었겠어요."

"부진님은 그거 입었어요?"

"당연하죠."

"완전 일드네요."

재취업을 준비하며 일본식 정장을 사서 입고 면접을 봤었다. 어느 회사 면접에선가 출산 계획이 있냐는 질문을 받고는 절대 없을거라고 장담했다. 한국의 권위주의와 일본의 개성 금지 분위기, 양쪽에 치이면서 별별 그로테스크한 장면에 살짝 실눈을 떠온 나를 칭찬하고 싶었다.

"그래봐야 무료소개소도 못 거르니까 나 같은 인력이 필요한거 아닌가요."

"무료소개소가 뭐죠?"

리안도 얼마 전까진 그게 뭔지 몰랐다. 무료소개소는 가부키초에 널리고 널린 성매매 알선소다. 깔끔하게 디자인된 장소 기반소셜 앱에서 지도를 열면 기본으로 띄우는 지역이 신주쿠였고 곧장 성매매 업체가 쭉 나열됐다. 이 사실이 알려지자 AI 프로젝트 부서 내에서 논쟁이 일었다. 기획과 개발을 담당한 한국인 직원들은 일면 중립적으로 보이는 무료소개소라는 단어 너머의 문화를 이해하지 못했기에 이 문제를 걸러내지 못했다. 한일 협업 프로젝트인데 협업의 의미보다 한국인 직원의 문화적 몰이해가 더 도드라지는 사건이었다. 그러니 아무리 AI로 데이터를 취합해 정리해도 TPO 적합 여부는 경험자가 걸러낼 수밖에 없다. 그런데도 경험은 경력이 아니라며 평가 대상이 되지 못한다. 아니, 경험치까지 에누리당한다.

그후 말로만 듣던 그 상황을 만났다. 업무가 주어지지 않았다. 이거, 드라마에서 자주 보던 그 얘기다. 전혀 드라마틱하지 않았다. 나는 팀장과 동기화된 임원의 성별을 떠올리며 속으로 외쳤다.

'와우, 존나 진부하네!'

팀장이 나를 따로 불러 이리저리 비난하며 일을 줄 수 없는 이유를 열거하더니 마지막에는 내가 비윤리적이라고 몰아세웠다.

"부진님, 유명한 소설가라고 거짓말하고 다녔다면서요?"

나를 좌지우지하려는 일종의 가스라이팅인 줄 알면서도 그 순간 팀장에게 휘둘리고 말았다. 약점이 될 일을 찾아다니다 없으면 억지로 만들어내는 사람을 이리 가까운 데에서 만날 줄이야. 곧 팀원들의 냉대가 시작됐다. 상징이 무너지고 만 것이다. 별 이득을 본 소문도 아니었는데 평판에 크게 금이 갔다. 상징이 어마어마하게 중요한 곳에서 이를 무시했던 대가일까.

광고팀으로 이동한 리안이 점점 바빠지면서 커피 브레이크 횟수도 줄어들고 있었다. 리안과 오랜만에 농담을 나누었다.

"리안은 일하다 언제 슬퍼요?"

"팀장의 재미없는 농담에 필사적으로 웃는 창문에 비친 내 모습을 냉랭하게 지켜볼 때?"

그 말을 듣자 언젠가 리안이 제 팀장이 내뱉은 한국의 밈을 다른 사람들에게 재미있는 일본어로 열심히 설명하던 모습이 떠올랐다. 타지에서 고생하는 내 동지, 진심으로 존경한다고 받아치자 리안은 그런 나를 쩨려봤다. 나는 얼른 아까의 질문에 내 식대로 답했다.

"나는 한국 임원 이름 뒤에 김-상-사마-님 같은 존칭이 덕지덕지 들러붙고 마는 걸 볼 때?"

리안은 빵 터지진 않고 어정쩡하게 웃었다. 얼마 전에 알았다. 그가 라이언이라는 대표가 있는 회사에 첫 취직을 한 바람에 자기 이름의 독음을 리안으로 바꿨다는 슬픈 비밀을. 지쳐 보이는 리안의 표정을 보며 그 비애감에 대해선 함구하기로 했다.

언어의 장벽을 넘나드는 리안 특유의 친화력은 미숙한 어휘력 때문에 일본 동료들에게 만만하게 여겨졌다. 일본어로 소통하려 노력한 사람이 영어를 구사하는 동료보다 훨씬 소통이 잘되지만 오히려 더 만만하게 여겨진다는 게 지켜보면서도 억울했다. 나의 일본어는 리안에 비하면 훨씬 유창하지만 꿋꿋이 분위기 파악을 하지 않는 언행으로 양국의 동료들에게 모두 만만한 대접을 받았다.

리안이 담담하게 한마디했다.

"나는 슬프지 않으려 애써요. 프로 직장러니까."

내일은 내가 타마리바 커피를 쏴야 할 것 같았다.

스마트폰으로 소설 쓸 힘도 없이 퇴근 지하철에 끼여 있는데 수명이 줄어드는 소리가 들리는 듯했다. 탈조선해서 얻으려 했던 또 다른 삶은 이게 아니었다는 확신이 들었다.

3

이 직장에 언제까지 있으려나, 버텨보는 와중에 만화가 지인이 근황을 전해왔다.

"애매한 줄 알면서도 날인했죠. 오백만원 적지 않으니."

한 만화가가 작품(작화와 내용)을 AI 회사에 학습 데이터로 제공하는 대가로 오백만원을 지급받았다는 뉴스를 본 직후였다. 지인도 그 만화가처럼 자기 데이터를 넘겼다는 것이었다. SNS를 보니 허영만 작가 등 유명 작가 몇몇은 날인을 거부했다던데. 당장 오백만원이 급한 작가들은 계약서에 서명했단다. 그러니까 초특급 작가가 아니고선 앞으로의 활동에 독이 될 수도 있는 미래를 오백만원과 맞바꾼 셈이었다.

우리 팀은 공개된 웹 데이터를 크롤링할 뿐 아니라 데이터를 대량으로 구입하기도 했다. 얼라이언스팀에 체결을 요청했던 계약들, 기상 정보나 맵 정보, 이벤트 정보 등의 구매 목록에 만화나 서적 저작권도 있었던가? 저작권이 만료된 서적은 말뭉치 분석을 위해 활용되기도 했다. 알라딘에서 해킹당한 전자책 칠십이만 권이 이런 데이터에 포함되지 않았길 바랄 뿐이다.

지인은 조만간 자신의 작풍을 흉내낸 AI의 작품을 표절했다는, 앞뒤 순서가 바뀐 음해를 받을지도 모른다. 나는 만화가들의 SNS를 회사 노트북으로 훑어보며 작가 생명이 위협받고 있는 상황을 리얼타임으로 지켜보았다. 심지어 내가 거쳐온 업무에도 혐의가 있었다. 학습의 정밀도를 높이려 애쓴 일들이 만화가들의 생명줄을 끊는 데에 조약돌 하나만큼은 기여했음을 죄스러운 마음으로 떠올렸다.

만화가가 되겠다는 꿈은 진즉 포기했지만 마치 내 작품을 뺏긴 것 같은 기분이었다. 그러니까 점묘와 펜 선을 채워넣으며 한 컷, 또는 한 편을 천천히 완성시켜왔던 내 시간과 노력을 뭉텅 도둑맞은 기분. 내가 만약 만화가가 되었대도 엄마 수술비가 급했다면 오백만원을 단비처럼 여기며 날인했을 게 분명했다. 어차피 무명이잖아……

지인이 보내준 계약서를 자세히 보았다. 학습에 활용하는 것만을 허가한다는 조항, 학습 결과의 활용 방식은 추후 협의한다는 조항이 있어 조금 안도했다. 하지만 명시되지 않은 내용도 있었다. 학습 결과가 또다른 데이터가 되어 제3자에게 제공된다면? 물을 많이 탄 잉크처럼 퍼져나간 AI의 결과물에 특정 작가를 모방한 요소가 일부 포함된다면 어떻게 되는 걸까?

우크라이나 전쟁에 AI가 활용되어 드론의 타격 정밀도를 높였다는 뉴스도 보았다. 드론 자율 비행은 아니었으나 차량 자율 주행에 필요한 내비게이션 음성 인식 프로젝트에는 조금 관여했다. 내가 담당한 라벨링 업무가 성능 조율에 기여해 우크라이나전에 적용된 건 아닐까. 지금 당장 회사에서 손봐야 할 자잘한 이슈들이 누군가를 사살하는 일에 연관될 리 없다는 믿음을 붙잡아야 했다. 높이 공을 찬 사람들은 신경쓰지도 않겠지만.

내가 습작하는 장르소설이라면 이럴 때 서사의 엔딩에서 세계의 메커니즘이 드러나야 한다. 내가 손본 데이터가 자율 주행의 안전성을 높이고 센서가 인지한 장애물이 어린이인지 앉은 자세의 성인인지 판별하는 내용이 묘사되어야 한다. 우리 회사와 협업했던 다른 회사의 모듈 안에 해당 프로그램이 들어가고, 그 상품이 러시아나 이스라엘이 구입한 제품 속에 포함되고, 드론이 어린이를 포착해내는 순간이 보여야 한다. 하지만 아쉽게도 여긴 장르소설 속이 아니다. 해피 엔딩에도 배드 엔딩에도 통쾌하고 간편하게 안착하지는 못하는 진짜 현실이다.

주말에 신주쿠 코리안타운에 위치한 고려박물관에 들렀다가 나치^{那智} 후지코시라는 일본 기업에 대한 전시를 보았다. 일본의 지명과 전투함 명칭에서 따온 기업명을 유지하고 있다지만 창립 시기와 사업 내용을 보면 누가 봐도 독일 나치스를 연상시킨다.

　1928년에 창립한 그 기업은 1944년 5월부터 12~15세 조선 소녀들을 근로정신대에 동원했다. 당사가 자사 이십오 년사 기록으로 직접 공개한 바에 따르면 당시 정신대 약 천팔십구 명, 징용공 오백삼십오 명을 조선에서 강제 동원했다. 하루 일 엔 수준의 저임금이었는데 그마저도 국민저축 예금 등의 명목으로 강제 압류되어 소녀들에게는 임금이 지급되지 않았다. 배고픔과 중노동을 못 견뎌 도망가던 소녀가 헌병에게 붙잡혀 강간당한 뒤 위안소로 보내졌다는 설명문을 읽으며 아찔해졌다.

　전시를 보며 내가 그 시절의 소녀나 위안부였다면 하는 상상에 더해 또 한 사람에게 감정이입했다. 내가 만약 그 공장에서 일하던 일본인 여성이었다면 어땠을까. 당시 이삼십대였던 일본인 여성 노동자들은 조선 소녀들과 달리 도시락을 챙겨 출퇴근하며 공장에서 일했다. 말도 통하지 않는 조선 소녀들의 처지에 동정심을 품었대도 무엇을 할 수 있었을까. 상상하다 숨이 막혔다. 아무도 소녀들을 언급하지 않는 현장에서 내가 뭐라고 제국의 군수 시설을 멈추게 하겠으며 소녀들을 돕고 싶다고 한들 어디로 탈출시킬 수 있을까. 머릿속에서 만들어낸 가상의 여성이 시대의 공기를 읽는 모습을 상상하다 직접 하지 않은 일들에 죄책감마저 느꼈다. 지나치게 결벽증을 느끼지 않으려 노력해왔지만 이 연쇄 안에서 먹고사는 이상 아무도 무관할 수 없었다.

테크 기업에서 일한 것과 전범 기업에서 일한 것에 일맥상통하는 데가 있다는 사실은 도저히 인정하고 싶지 않았다. 그저 명령을 따르고 월급을 받았을 뿐이라고 뻔뻔하게 주장하기엔 나는 육백만 유대인, 수십 수백만 피식민지 사람들을 학살한 핵심적인 역할을 수행하지도 않았고 받은 보상도 형편없었다.

퇴사를 하기로 결심했다. 장르소설에서 인물이 이야기 바깥으로 나가버리는 결말은 서사적으로 별로다. 서사적 일관성이나 완결성을 위해서는 어떻게든 그 안에서 뒹굴어야 하지만 나는 그냥 그만두기로 했다. 자동 생성 AI가 찍어낸 것보단 의미 있는 글을 쓸 수 있으리라 믿어보는 것만이 남은 자존심이었다.

퇴사 전날, 리안이 사내 카페에서 커피를 사주며 조언했다.

"이제야 하는 얘기지만 부진님, 살짝 했어야죠. 너무 티 나게 했잖아요. 아니면 따로 얘기하든가. 반대 의견을 내는 걸 공개 모욕이라고 느끼는 사람한테는 그에 맞는 방식으로 대응했어야 해요."

리안의 해석에 의하면 팀장이 내게 일을 배정하지 않은 이유는 회의중에 자신을 공개적으로 모욕했기 때문이었다.

"따로도 말했다니깐, 참."

탈조선한 마당에 한국의 고인 물들을 다시 상대하고 싶진 않았다. 타마리바 갈 시간도 없다더니 리안은 정말 커피도 안 마시고 자꾸 톡방을 봤다. 급한 프로젝트에 투입되어 리안도 바빠지고 있었다. 촉박한 기한 내에 서버를 이전해야 한다고 했다. 근데 서버 이전이 지금 시급한가?

"그게, 지난 미팅 때 김-상-사마-님이 혀를 차면서 보기 좋지 않다고 하셔서요."

어지러워지는 기분을 억누르려 커피를 홀짝였다. 수십 개 프로젝트의 단톡방을 일시에 떠난 후련함을 당분간은 누리고 싶었다.

"그래도 부진님 부러워요. 퇴사할 수 있고. 저는 부양가족이 많아서."

"나도 있거든요. 부양가족들이랑 부양 고양이."

리안도 곧 일본 생활을 정리하고 한국으로 돌아갈 예정이었다. 연봉도 더 낮은 처지면서 나는 리안을 걱정했다. 라벨링으로 데이터가 정밀해지면 라벨러는 사라질 것이다. 우리가 하던 일은 우리가 해낸 일 때문에 사라질 것이다. 그래도 에러는 계속 생길 테고 우리는 틈새 노동 사이에 끼여 있겠지. 포르노가 아닌 척하는 포르노도 필터링하고, 무상 서비스업인 척하는 유해 업소도 걸러내고, AI 자동 답변인 척 구문을 직접 입력하며. AI의 그림자, 자이언트 베이비 보모, 로봇 푸시맨이 되어. AI는 고도화될 테지만 인생은 갈수록 와케아리다. 다 이유가 있다. 하자도 있고 사고도 있다.

가끔 궁금했다. 한국과 일본은 왜 AI 산업에서 성과를 내지 못할까? 상당한 인재들이 모여 있는 조직에서 색다른 발상이 나오지 않는 것은 새로운 발상을 일절 요구받지 않았기 때문이라고 나는 생각했다.

"그거 알아요? 부진님 팀장도 브런치 열심히 한대요."

"오……"

팀장과 공통점 없는 연대감을 느꼈다. 아니 연대감 없는 공통점이려나. 평소 지론을 떠올리며 팀장의 이야기를 반겼다. 누구나 작가를 해야 세상에 더 다양한 이야기가 나올 수 있다.

그때 리안이 창문 밖을 가리키며 말했다.

"앗, 쟤는 어떻게 여기까지 올라왔지?"

작은 새가 카페 통유리에 부딪칠 기세로 다가왔다가 간신히 멈췄다. 사무실은 이십층, 날씨가 맑으면 멀리 후지산이 보인다며 사람들이 달라붙어 사진을 찍는 통유리였다. 그리고 도시를 누비는 조류는 유리에 자주 충돌한다. 당장 퇴사 후 생계가 아슬아슬한 주제에 나는 생명을 위협받는 새들까지 걱정하고 있다. 이게 다 멋진 외관에만 집착하고 실속은 없는 와케아리 테크 회사 놈들 때문이다.

"새들은 십오층 정도까지 올라온대요. 여기까지 올라오다니 야망이 있는 녀석이군요."

리안의 말에 여기까지 올라왔다가 다시 내려가는 내 처지가 겹

쳐 들려서 조금 빈정댔다.

"상승기류에 올라탄 조류는 높이 올라갑니다. 야망이 아니라 오락이죠. 그리고 쟤들한텐 이십층 높이가 고공이겠어요?"

나는 저 새가 공기를 제대로 읽었다고 생각했다.

"담에 한국 오면 꼭 연락하세요."

또 뻔한 인사. 나는 웃었다.

"그래요. 퇴사해 헤어진 마당인데 우리 만나서 진짜로 저녁밥을 먹을 수 있을지 한번 시험해봅시다."

리안과 작별 인사를 하며 신기하단 생각이 들었다. 궤적이 다르기로 치면 팀장과 임원들처럼 리안도 나와 다르기는 마찬가진데 리안은 아웃사이더에 트러블메이커인 나를 이해해주었다.

회사에서 일할 때면 가족보다도 가깝게 지내는 사이가 있다. 기간 한정일지 몰라도 함께 일하는 동안엔 딱풀같이 달라붙는 인연. 친하긴 하지만 반말은 나오지 않는다. 간혹 경조사를 챙기기도 하지만 옛 친구 같진 않으니 의무에 가깝다. 주말이나 휴일에 따로 만나자 요구할 정도로 무례하진 않으면서도, 미친 듯이 바빠도 잠깐 같이 나가 캔 커피 한잔 마실 수 있을 정도로 스스럼없는 사이. 때에 따라 결례가 통용되는 사이. 쿠션어는 쓰지 않지만 매너와 염치를 아는 사이. 같이 웃는 날엔 어이없는 웃음을 지을 때가 잦고 눈물을 보이는 날엔 억울해서 울 때가 많다. 웃음과 눈물의 종류가 이렇게 다양하다는 걸 서로를 통해 알게 된다. 회사에서 만

나서 친해진 사람과는 좀 이렇다. 외국에서 만나서 더 그럴지도 모르고.

커피 브레이크로 회사에서 겪던 모든 문제가 날아가 후련해진 건 아니었지만 이 시간이 없었다면 쪼그라든 마음을 안고 사무실로 돌아가지 못했을 것이다. 혼자선 도저히 마음 정리가 안 되고 사람들 얼굴을 볼 수 없었다. 모두가 나를 욕하는 것만 같은 사무실로 돌아갈 수 있도록 어떻게든 얼굴과 마음을 뻔뻔하게 만들어준 건 리안의 커피였다. 두텁게 마음의 장벽을 세워준 긴급 수혈 커피 타임이었다. 사실 나는 커피가 아니라 이 시간이 꼭 필요했다.

2024년 12월을 지나며 리안의 말을 다시 떠올렸다.

"제가 이 업계 고인 물이라서 하는 말인데 제이케이콥은 그나마 나아요. 여긴 그나마 일이 돌아가요. 임원진이 독재하니까."

"다른 데는요?"

"임원이어도 파리목숨이거든요. 제한된 기간 내에 실적 내야 하니까 현장이 엉망진창이죠."

이 겨울, 기시감에 시달리며 '회의실의 피터들'을 떠올렸다. '회의실의 코끼리'는 회의중에 절대로 언급되지 않는 일들을 비유한다. 그리고 조직에서 승진하는 사람들은 완벽하게 무능하거나 승진한 뒤엔 반드시 무능해진다는 것이 '피터의 법칙'이다. 리안과 나는 회사 회의실에 피터들뿐이라고 말했었다. 그걸 떠올리니

12·3 내란의 밤, 국무회의 분위기도 알 만하다. 회사 다니는 사람이라면 가늠이 된다. 아무도 언급하지 않아 코끼리가 된 피터들의 표정은 지겨울 정도로 친숙하다.

일본에서 생활하면서 불법을 당당히 저지르는 한국인들을 자주 봤다. 어학원에 다니는 가난한 학생들이 법정 근무시간인 주 이십 시간을 초과해 일하는 걸 알면 코리안타운의 사장들은 범법 행위라고 협박하면서 아르바이트 임금을 주지 않았다. 애니메이션 회사 사장은 비자 발급을 빌미로 직원을 노예 부리듯 했다. 자기만의 성을 쌓고 그 안에서 정말로 왕처럼 사는 사람도 보았다. 그리고 원정 성매매를 오던 한국 여성들. 일본에서 일하는 게 차라리 낫다는 말뜻을 헤아리다보면 슬퍼지곤 했다. 위법이고 불법인 상황에 비하면 테크 기업에서 비자 받으며 일한 건 그나마 떳떳한 일일 텐데 왜 자부심이 생기지 않을까. 나는 왜 권한도 없으면서 나치 후지코시 전시 앞에서 괴로울까.

그저 피로와 저임금과 빚 때문에 무지했고 무관심했다고 평계 댈 수 있는 만큼만 불합리한 상황에 머물러 일하고 싶었다. 하지만 가만히 있다간 내 삶은 물론이고 다른 사람 삶까지 내 손으로 목 조르는 일은 거부하고 싶었다. 그 겨울, 광장의 오색 빛이 환했다. 우리는 피터가 아니기에 회의실 밖 광장에 있다. 우리는 날지 못하기 때문에 새들에게 감정이입한다. 그리고 상승할 여지가 없기에 지상의 일들과 그 결말을 끝내 떠올릴 수밖에 없다.

*

전업 작가가 된 후 자주 한국에 들르고 있다. 2023년 작가노조 준비위에 가입했다. 미국작가조합 파업으로 AI 사용 범위를 제한하는 단체협약을 체결한 즈음이었다. 작가 집담회에 참석했는데 어떻게 연락처를 알았는지 한국 기자에게서 작가노조의 방침을 묻는 전화가 왔다. 그 건도 물론 중요하지만 작가들은 당장 미지급 원고료와 인세(미정산된 중쇄본 인세 포함)도 받아야 했다. 자본주의 세상인데 팔리고도 묶여 있는 책의 값을 받기 위해 자본에 저항해야 했다.

작가노조 출범을 준비하는 작가들과 상급 단체를 알아보기 위해 금속노조 사무실을 찾아갔다. 밖에서 관찰한 금속노조는 마라맛일 것 같았는데 경향신문사 별관에서 직접 만나본 미조직 전략조직국 상근자들은 순한 맛으로 보였다. 한 사람은 감기에 걸려 콜록댔다.

"종로에 많은 주얼리 노동자들도 금속노조 소속이고요. 레모나 만드는 제약회사 노동자도 금속노조랍니다. 철분이 들어가니까요."

비슷한 상담을 할 때마다 반복하는 농담인 듯했는데 금속노조에 작가들도 소속할 수 있나 고민했던 차라 그 농담이 반가웠다. 근데 약간 직장인 유머로 들렸다.

타마리바 커피는 아니었지만 금속노조 복도에서 믹스 커피를 타면서 나는 오랜만에 리안을 떠올렸다. 금속노조 상근자의 얼굴이 어쩐지 리안과 닮아 보였다. 미조직 노동자들이 상담을 청하면 굳이 시간 내 얘기를 들어주고 잔소리하는 것이 꼭 리안의 오지랖 같다. 아무런 실속은 없었겠지만 리안에게도 그 시간이 나름의 오락이었길.

금속노조를 나오며 나는 그때 리안과 둘이 노조를 결성했었다고 여기기로 했다. 제이케이콥 한국 본사에서 도쿄로 파견된 한국인과 제이케이콥 일본 지사에 채용된 한국인 노동자의 소모임. 둘만의 프라이빗 노조. 회의실의 피터들은 영원히 모를 비밀결사. 긴급, 회사 앞 타마리바 카페에서 나 좀 봐요, 와케아리 유니온.

작가노조는 2025년 2월 전체 회의를 통해 금속노조 지회가 되기로 결정했다. 대의원회의 도중에 폭언과 고성을 쏟았다는 금속노조 임원도 '존나 진부한' 한국적 상황의 보편성을 느끼게 했지만, 노조가 완전해서 노조는 아니고 완전해서 노조에 가입하려는 노동자도 없다는 생각을 애써 떠올렸다. 주얼리 노동자도, 레모나 노동자도, 유리 제조 노동자도, 연금술사도, 그리고 금속 펜촉을 잡은 작가도 다 메탈 노동자니까. 아, 이 글은 노트북과 스마트폰으로 쓰고 있고, 펜촉은 당연히 상징이다. 상징이 곧 실속, 상징이란 어마어마하게 중요한 것이니까.

일일업무
보고서

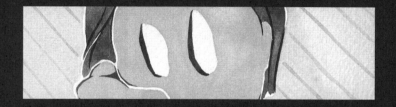

황시운

○
황시운

2007년 서울신문 신춘문예를 통해 작품활동을 시작했다. 소설집 『홈HOME』『그래도, 아직은 봄밤』, 장편소설 『컴백홈』, 산문집 『당신이 모르는 이야기』가 있다. 창비장편소설상을 수상했다.

노트북의 전원 버튼을 눌렀다. 컴컴한 화면에 부스스한 몰골이 비쳐 보였다. 화면을 보며 헝클어진 머리카락을 손으로 대충 쓸어 묶었다. 한참을 기다려도 컴컴한 화면 그대로였다. 구입한 지 칠 년째인 노트북의 부팅 시간이 점점 길어지고 있었다. 먼젓번 노트북도 칠 년쯤 되던 어느 날 느닷없이 화면이 꺼지더니 다시는 부팅되지 않았다. 검지에 일어난 거스러미를 힘껏 잡아 뜯었다. 거스러미가 길게 뜯겨나간 자리에 빨간 속살이 드러나며 피가 고였다. 피가 나는 검지로 아랫입술을 문질렀다. 입술에도 각질이 잔뜩 일어나 있었다. 거칠한 입술을 만지작대다 각질 하나를 뜯어냈다. 각질이 뜯겨나간 자리를 혀로 쓸었다. 미세한 첫내와 함께 싸한 통증이 번졌다. 마우스를 움직여 메일함을 열었다. 상처 난 입술을 이로 꽉 깨물며 피가 번지는 검지로 수신확인 버튼을 클릭했다.

'읽지 않음'

지지난주 화요일에 한 명이 읽은 이후 업무 메일은 다시 열린 적이 없었다. 나는 아무도 읽지 않는 업무 보고 메일을 휴대폰 알람까지 설정해놓고 매일 정확한 시간에 전송했다. 매주 금요일엔 주간업무 보고서도 작성해 메일로 보냈지만, 다섯 명의 수신인 중 메일을 확인하는 이는 단 한 사람도 없었다. 내가 맡은 일의 총체이자 직장에 매여 있는 반나절에 대한 증거인 업무 보고서는 검토조차 거쳐보지 못한 채 버려지고 있었다. 그걸 내 눈으로 확인할 때마다 마치 나의 매일매일이 버려지는 것 같아서 자꾸만 움츠러들었다.

일일업무 보고서 작성을 마치고 유튜브를 보고 있는데 열한시 사십오분을 알리는 휴대폰 알람이 울렸다. 휴게시간 십오 분 전이었다. 알람을 끄고 재생되고 있던 유튜브 화면을 클릭했다. 마당에 쌓이는 눈을 몽당빗자루로 쓸어내던 노파가 영원히 계속될 것만 같던 비질을 비로소 멈췄다. 철컥. 휠체어 브레이크를 풀고 부엌으로 휠체어를 몰았다. 냉동실 문을 열자 똑같은 크기와 모양의 플라스틱 통들이 가지런히 정리되어 있었다. 통을 하나 꺼내 무릎에 올려놓고 싱크대 앞으로 갔다. 통 속에는 외국산 쌀로 만들어진 누룽지가 들어 있었다. 건조대에 엎어놓았던 냄비에 누룽지를 조금 덜고 물을 넉넉히 받았다. 벌써 두 달째 하루 두 끼, 누룽지만 끓여먹고 있었다. 누룽지 전엔 넉 달 가까이 인스턴트 죽만 데워먹었고 그 전엔 흰쌀밥을 뜨거운 물에 말아 먹었다. 반찬은 언제나 오징어젓갈 아니면 명란젓이었다. 명란은 꽤 비쌌지만 세일하는 파치를 잘만 찾아내면 오징어젓갈과 별 차이 없는 가격에 구입할 수 있었다. 소시지나 어묵의 초특가 알람이 뜨면 구입해서 소분해 얼려놓았다가 볶아 먹을 때도 있었다. 아주 가끔씩 오이를 사서 먹기도 했지만 그 밖의 반찬이나 채소는 거의 사 먹지 않았다. 특히 김치는 한 번도 사본 적이 없었다. 내가 먹는 반찬들은 대체로 값이 싸고 조리법이 간단하거나 아예 요리할 필요가 없는 것들이었다. 마비된 두 다리 대신 양어깨로 체중을 지지하며 살아온 십사 년 동안 어깨 연골이 닳아 사라진 자리를 염증이 채워가고 있었다. 요리를 위해 칼질을 하고 냄비 속 찌개나 국을 휘젓는 일상적인 동작들조차 상당한 통증을 동반했다. 물론, 간단한 국이나 반찬은 엄마나 활동지원사의 도움을 받아 마련할 수도 있었다. 하지만 엄마의 도움은 가능한 한 받고 싶지 않았고, 활동지원사가 끓여준 미역국을 먹어본 뒤 그녀에게는 청소와 신변 보조만을 맡기기로 했다. 내가 할 수 있는 일은 내가 직접 하는 게 속 편하다는 걸 경험으로 알고 있었다. 세상에 공짜는 없고 나중에 치르는 값에는 이자가 붙었다.

가스레인지 불을 켜놓고 다시 책상 앞으로 갔다. 뚜껑을 열고 중불에 십 분. 휴게시간이 시작되는 열두시 알람이 울릴 즈음이면 먹기 딱 좋은 누룽지탕이 완성되어 있을 것이다. 휠체어의 브레이크를 잠그고 마우스를 잡았다. 일시정지시켜놨던 동영상을 클릭하자 노파가 다시 비질을 시작했다. 눈은 엄청난 속도로 쏟아지는데 노파의 비질은 느리기만 했다. 바싹 구부러진 노파의 등허리와 어깨에도 어느새 눈이 소복했다. 점점 거칠어지는 눈보라 속에 갇힌 듯 보이는 노파를 잠시 지켜보다 새 창을 열어 위탁업체에서 업무용으로 개설한 온라인 카페로 들어갔다. 아웃소싱 뉴스를 스크랩하는 게시판을 클릭하자 게시물 제목들이 주르륵 떴다. 조회 수는 하나같이 0이었다. 이번엔 취업에 관한 뉴스를 스크랩하는 게시판을 클릭했다. 게시물들의 조회 수는 마찬가지로 0이었다. 책이나 영화, 공연 관련 뉴스들이 스크랩되어 있는 커뮤니티 게시판 역시 내가 관심 가는 대로 열어봤던 몇몇 게시물을 제외하면 조회의 흔적이 없었다. 카페는 비공개로 운영되어 관리자의 승인을 얻어야만 입장할 수 있었고 회원 수는 현재 마흔일곱 명이었다. 파견 나가 근무하는 회사는 다양했지만 같은 위탁업체에 소속되어 있는 회원들은 모두 나와 같은 장애인 재택 근무자들이었다. 마흔일곱 명이나 되는 사람들이 백만원 남짓의 급여를 받으며 매일 네 시간씩 엇비슷한 내용의 언론 기사를 스크랩해서 비공개 카페에 일사불란하게 게시하고 있다는 사실이 가끔은 우스꽝스러웠다.

열두시 정각이 되자 삼십 분간의 휴게시간을 알리는 알람이 울렸다. 카페 창을 닫고 부엌으로 갔다. 누룽지가 끓어서 먹기 좋게 풀어져 있었다. 누룽지탕을 대접에 펐다. 누룽지탕이 담긴 대접과 오징어젓갈을 챙겨 무릎 위 쟁반에 올려놓고 휠체어를 방으로 몰았다. 키보드를 한쪽으로 치우고 쟁반을 책상에 올려놨다. 마우스로 일시정지 버튼을 클릭해 산간 오지 마을의 겨울나기 동영상을 다시 재생시켰다. 화면 속에서 휘몰아치는 눈보라가 마당 한구석에 작은 소용돌이를 만드는 걸 지켜보며 오징어젓갈을 올린 누룽지탕을 후후 불어 먹었다. 기어이 마당을 가로지르는 좁은 길을 낸 노파가 들고 있던 몽당빗자루를 부엌 바닥에 던져놓고 장독대로 걸음을 옮겼다. 노파는 커다란 장독에서 고추장을 한 주걱 퍼내고 독 안의 고추장을 다독인 후 뚜껑을 닫았다. 고추장 그릇을 든 노파가 걸음을 옮겨놓을 때마다 어느새 다시 쌓인 눈 위에 절룩절룩 발자국이 찍혔다. 부엌으로 들어간 노파가 숯이 벌건 아궁이에 굵고 긴 장작을 밀어넣었다. 장작이 덜 말랐는지 아궁이에서 연기와 함께 검은 그을음이 뿜어져나왔다. 노파는 개의치 않고 마당을 쓸던 몽당빗자루로 부엌 바닥의 검불을 정갈하게 쓸어 아궁이 속에 마저 밀어넣었다. 노파가 몽당빗자루를 부뚜막 한쪽에 조심스레 기대놓고 아궁이 앞에 퍼더앉았다. 얼마 후, 아궁이에서 뿜어져나오던 연기와 그을음이 차차 사그라들더니 불길이 살아났다. 노파의 시선이 아궁이 속에서 너울대는 불길에 오래 머물렀다.

가마솥에서 김이 피어오르자 노파가 다시 꾸물꾸물 움직이기 시작했다. 노파는 잘 익은 김장김치를 쫑쫑 썰어 가마솥에 넣었다. 장독대에서 퍼온 고추장을 한 수저 풀고 마른 국수를 한 움큼 집어넣더니 가마솥 뚜껑을 닫았다. 아궁이 앞에 쭈그려앉은 노파가 장작더미에서 부지깽이를 뽑아들었다. 노파는 부지깽이로 장작 사이를 들척이다 불붙은 장작 일부를 아궁이에서 끄집어내 불 조절을 했다. 잠시 후, 자리에서 일어난 노파가 가마솥 뚜껑을 열고는 손잡이가 눌어붙은 플라스틱 국자로 가마솥 안을 휘휘 젓더니 커다란 대접에 펄펄 끓는 김치털레기 국수를 퍼 담았다. 그리고 벽에 걸려 있던 낡은 소반을 내려 두 사람 몫의 상을 차렸다. 카메라가 소박한 밥상을 클로즈업했다. 뜨거운 국수에선 하얀 김이 모락모락 피어올랐고 상 가운데에 놓인 동치미 그릇엔 살얼음이 떠 있었다. 김치를 싫어하는데도 그 장면을 보자 입안에 침이 고였다. 뜨거운 누룽지탕을 한 수저 더 떠먹었다. 잘게 자른 오징어젓갈도 한 조각 집어먹었다. 뱃속이 뜨끈해지고 입안에 침이 고이자 비로소 살아 있는 느낌이었다. 가늠할 수조차 없을 만큼 무가치한 일로 번 밥이었지만, 그래도 먹고 나면 살 것 같아졌다.

한시 이십분이 되자 팀장의 종례 메시지가 도착했다. 매일 똑같은 시간에 똑같은 메시지였고 나 역시 늘 똑같이 대답했다. 한시 삼십분 알람이 울리면 퇴근 체크를 하고 메신저를 종료했다. 신변 관리와 청소를 도와주는 활동지원사가 출근할 때까지는 유튜브로 좋아하는 영상들을 찾아 보며 시간을 보냈다. 주로 산골 오지 마을을 지키며 늙어가는 노인들을 담은 영상이었다. 노년의 삶은 내게 영영 가닿지 못할 신기루 같았다. 늙음에 도달했다는 사실만으로도 나는 노인들의 모든 일상이 경이로웠다. 척수가 손상되고 완전마비 판정을 받은 뒤 사고의 원인과 관련된 소송을 위해 받았던 신체 감정에서 내 기대수명은 62.6세였다. 그날까지 이제 이십 년쯤 남아 있었다. 길지도 짧지도 않은 시간이었다. 더 길게 살고 싶은 마음은 없었지만, 그보다 일찍 사라지고 싶지도 않았다. 나에게 닥친 사고가 악몽 같으면서도 하필이면 이런 일이 나에게 닥친 걸 억울하게 여기진 않았다. 내게 닥친 불행을 이해하고 수긍해서가 아니었다. 남은 삶에 대해 어떤 마음도 갖지 않고 살아가겠다고, 수술 후 중환자실에서 꼬박 석 달을 버티며 정신이 들 때마다 했던 다짐을 지키고 싶을 뿐이었다.

활동지원사가 바우처 카드를 찍는 시간은 매일 오전 열한시부터 오후 일곱시까지 여덟 시간이었다. 하지만 실제로 출근하는 시간은 오후 두시였고 퇴근 시간은 대개 여섯시 이전이었다. 업무 시간을 재량껏 줄여주지 않으면 대소변 처리까지 도움 받아야 하는 나를 담당하려는 지원사를 구하기 힘들었다. 세상일이 다 그렇듯 이쪽 세계에도 이쪽만의 융통성이라는 게 필요했다. 물론 그 융통성은 불법이었고, 언제 들켜서 처벌받을지 모른다는 불안을 동반했다.

"대변이 딱딱하게 굳어서 통 나오지를 않네. 오늘은 파내기라도 해야지 안 되겠어. 그렇게 물이랑 채소를 좀 먹으라니까, 말 안 듣고 죽어라고 안 먹으니까 피차 고생이잖아."

활동지원사가 투덜댔다. 나는 엉덩이를 드러내고 모로 누워서 활동지원사의 말을 한 귀로 듣고 한 귀로 흘렸다. 활동지원사뿐만 이 아니라, 언니든 엄마든 했던 말을 반복할 땐 그렇게 했다. 상대에게는 미안한 일이었지만, 통증에 잠식당한 일상이나마 놓치지 않고 이어나가자면 어쩔 수 없었다. 매 순간 덮쳐오는 통증과 그로 인해 내 안에 독처럼 쌓여가는 분노를 다스리며 살아가기에도 충분히 벅찼다. 속 모르고 떠드는 바깥의 소리에까지 휘둘릴 여유도 기운도 없었다. 사실, 지금의 활동지원사는 출근을 시작한 지 채 한 달도 못 돼 일을 그만두겠다고 나왔다. 뻣뻣하고 차가운 내 태도가 불쾌하다는 거였다. 엄마는 내가 통증을 견디느라 예민해져서 그렇지 사람을 무시해서 그러는 게 절대 아니니 이해를 부탁한다며 거듭 읍소했다. 엄마의 말은 맞기도 했고 틀리기도 했다. 내 태도에 통증의 영향이 없었던 것은 아니지만, 아무 말이나 함부로 지껄이는 활동지원사가 못마땅했던 것도 사실이었다. 하지만 나는 엄마가 활동지원사에게 사정하는 소리를 얌전히 듣고만 있었다. 악의 없이 퍼붓는 말의 포화를 견디는 것보다 또다시 낯선 사람 앞에서 벌거벗은 아랫도리를 훤히 내놓고 항문마사지 방법을 설명할 일이 훨씬 더 끔찍했기 때문이다.

활동지원사가 퇴근하고 한 시간쯤 지났을 때 엄마가 집에 왔다.

반찬을 전해주러 왔다지만 사실 속셈은 따로 있을 터였다. 그 속셈이라는 게 어떤 간절함에서 비롯했는지 잘 알고 있었지만, 나로서는 도저히 들어줄 수 없는 문제여서 벌써 여러 날째 엄마가 무슨 말을 하든지 한 귀로 듣고 한 귀로 흘리고 있었다. 엄마의 눈이 떼꾼했다. 아빠가 돌아가신 후 시작해 이십 년 넘게 꾸려갔던 작은 식당을 코로나19 사태 때 끝내 정리하고, 엄마는 청소 일을 시작했다. 몸도 마음도 많이 힘들었을 텐데, 덤덤하게 닥친 일을 감당해냈다. 그러던 엄마도 이제는 일이 힘에 부칠 나이가 된 모양이었다. 얼마 전에는 장애인활동지원사로 일해보고 싶다며 지원 자격에 대해 알아봐달라고 했다. 장애인활동지원도 쉬운 일은 아니었지만, 새벽부터 출근해야 하는 청소 일보다는 낫겠지 싶어 활동지원사 교육과정과 일정, 그리고 인근 교육센터 연락처까지 자세하게 정리해주었다. 그러나 적극적이었던 엄마는 교육과 실습이 모두 낮시간에 진행되는 게 걸린다며 계속 망설이고만 있었다. 새로운 일로 갈아탈 마음이 확실하거든 일단 지금 하는 일을 그만두고 교육을 받으라고 말해보았지만 소용없었다. 엄마는 다음 일자리가 정해지지 않은 상태에서 일을 그만두는 것을 강박적으로 두려워했다. 잠시라도 생활비가 끊기는 상황을 걱정하는 눈치였다. 서너 달쯤 수입이 없다고 당장 큰일이 날 정도로 돈이 없는 것은 아닐 텐데 저토록 돈에 집착하는 것은, 느닷없이 가장의 역할을 떠안아야 했던 이십여 년 동안 굳어진 책임감 때문일 터였다.

냉장고 문 열림 경고음이 울렸다. 엄마가 또 냉장고 정리를 하는 모양이었다. 내다봐야 하는 건지 고민하다 그냥 텔레비전 볼륨을 높였다. 알은체했다가 또다시 같은 얘기가 시작될까 싶어서였다. 마음을 다잡고 텔레비전에 시선을 고정했다. 저녁 프로그램에선 김장이 한창이었다. 수돗가에 절인 배추가 잔뜩 둘러쌓여 있었고, 바로 옆 평상에선 마을 여자 네댓이 배춧속을 섞고 있었다. 여자들 중 하나가 절인 배추의 여린 잎을 뜯어내 양념을 묻히더니 옆에서 수다를 떠는 여자의 입에 쏙 넣어주었다. 얼떨결에 받아먹느라 입가에 양념을 잔뜩 묻힌 여자가 시뻘건 김치를 우적우적 씹다가 입안 가득 김치를 머금은 채로 함박웃음을 지었다. 자칫 지저분해 보일 수도 있을 그 모습이 어쩐지 밉지 않았다. 그러고 보니 올해는 아직 김장 얘기가 없었다. 김장을 도와주지 못하는 대신 매년 김장 비용의 절반을 부담해왔다. 김치를 입에도 대지 않는 걸 생각하면 아까웠지만, 이혼 후 제 앞가림도 못하고 있는 언니가 보태줄 리 없으니 내가 보태지 않으면 엄마 혼자 감당해야 했다. 김장에 대해 물어봐야 하는지 고민하면서 나도 모르게 부엌쪽을 흘끔 내다보는데 엄마와 눈이 마주치고 말았다.

"저녁은? 또 누룽지 끓여먹고 말 거야?"

엄마가 기회를 놓치지 않고 말을 걸어왔다. 내가 아무 대답도 하지 않자 엄마가 다시 덧붙였다.

"시래깃국 끓여왔는데, 얼른 밥 좀 해서 차려줄까? 십오 분이면 되는데. 뜨거운 국에 말아서 같이 한술 뜨자. 응?"

시래깃국은, 채소를 거의 먹지 않는 내가 드물게 군소리 없이 먹는 채소 음식이었다. 배고픈 줄 모르고 있었는데 시래깃국 얘기를 듣자 갑자기 입맛이 돌았다. 나도 모르게 침을 꼴깍 삼켰지만 얼른 고개를 가로저었다. 닥치는 대로 주워먹어서 대변이 대변을 밀어내는 끔찍한 꼴을 또다시 당하느니 차라리 죽는 게 나았다. 지금처럼 안 죽을 만큼만 먹고 돌처럼 단단하게 굳어버린 대변을 파내는 것이 마음 편했다.

"됐어요. 안 먹어서 다 버리는 걸 왜 자꾸 해오는 거예요? 맨날 돈 없다고 노래를 부르면서 반찬 해 나르는 값은 안 아까워요?"

말을 못 붙이게 하려고 일부러 더 냉정하게 이야기했다. 엄마는 못 들은 척 하던 일을 계속했다. 네가 말려도 소용없다고 말하는 듯 시종일관 평온한 얼굴이었다. 엄마의 고집스러운 모습에 고마움보다는 무력감이 앞섰다. 시선을 텔레비전 쪽으로 돌렸다. 어떤 마음도 갖지 않으려면, 역설적이게도 매 순간 마음을 더 단단히 먹어야 했다.

냉장고 정리를 모두 마친 뒤에도 엄마는 돌아갈 생각을 하지 않았다. 내 눈치를 살피며 활동지원사가 이미 한 청소를 다시 했고, 냉장고를 정리하며 나온 음식물 쓰레기도 내다버렸다. 아직 많이 쌓이지 않은 빨래까지 기어이 세탁기로 돌리고 난 엄마가 슬며시 내 쪽으로 다가와 자리를 잡고 앉았다.

"이따가 세영이도 들른다고 그랬는데."

언니 얘기에 나도 모르게 미간을 찌푸리며 한숨을 내쉬었다. 두 사람이 모여서 내게 할 말이라고는 뻔했다. '그 돈'을 내놓으라는, 말로는 빌려달라지만 갚을 길이 요원한, 도무지 받아들일 수 없는 요구였다. 그 돈은 마비된 내 몸뚱이에 세상이 매긴 값이었다. 함부로 손댈 수 있는 돈이 아니었다. 독립할 때 집을 구하기 위해 일부를 헐어낸 뒤로는 나조차도 손댄 적 없는 그 돈은, 62.6세까지 살아남기 위해 필요한 돈이기도 했다.

"그 돈은 절대로 안 되니까 나 좀 그만 괴롭혀요."

텔레비전에서 시선을 떼지 않은 채 말했다. 엄마는 아무 말이 없었다. 눈으로 보지 않아도 엄마가 어떤 얼굴일지, 얼마나 안절부절못하고 있을지 충분히 그려졌다. 사고가 난 뒤 사고의 원인과 책임 소재를 밝히기 위해 거소했다. 사고 원인이 된 시설물의 건조 및 관리 책임 주체인 지자체가 피고인 소송이었다. 처음부터 지자체를 상대로 크게 이기리라는 기대는 없었다. 아무리 그래도 청구 금액의 십오 퍼센트라니, 법원의 판결 앞에 자괴감이 들지 않을 수 없었다. 세상이 생각하는 내 노동의 가치가 일용직 노동자의 평균임금보다도 낮다는 사실에 충격을 받았다. 전문직에 종사하거나 대기업에 다닌 것은 아니었지만, 전문대학을 졸업한 이후 한눈팔지 않고 성실하게 일해왔기 때문에 상실감이 더욱 컸다. 항소하지 않은 것은 법원의 판결을 받아들여서가 아니었다. 그저 더 나은 결과를 이끌어낼 자신이 없었을 뿐이다. 그런 돈을 내놓으라 말하고 있는데, 엄마라고 마음이 편할 리 없을 거라 믿고 싶었다.

휠체어 브레이크를 풀었다. 언니가 오기 전에 자리를 피하고 싶었다. 휠체어를 돌리는데 엄마가 말을 걸어왔다.

"벌써 자려고? 아직 아홉시도 안 됐는데. 그러지 말고 세영이 오면 얘길 좀 들어보지. 세영이도 이번엔 정말 준비를 많이 하더라고. 너도 알다시피 바리스타 자격증도 땄고, 일도 제대로 배우려고 아르바이트도…… 세진아. 세진아? 세진아!"

서둘러 휠체어를 방으로 몰았다. 내가 이야기를 끝까지 듣지 않고 등을 보이자, 엄마가 나를 불렀다. 간절한 만큼 다급해진 엄마의 목소리가 휠체어 바퀴에 휘감기다못해 눌어붙는 것 같았다. 침대 앞에 이르러 엄지로 휠체어 바퀴를 꾹 눌러보았다. 바퀴가 살짝 눌렸다. 내일 활동지원사가 오면 바퀴에 바람을 넣어달라고 해야겠다고 생각했다. 원래는 엄마가 해주던 일이었지만, 이젠 엄마에게 어떤 것도 부탁하고 싶지가 않았다. 엄마가 자리에서 일어나려는지 끄응, 하고 앓는 소리를 여러 번 냈다. 마음대로 일어나지지가 않는 모양이었다. 나도 모르게 머릿속에 그려지는 엄마의 아픈 모습을 애써 지우며 마음속 구령에 맞춰 휠체어에서 침대로 옮겨 앉았다. 앞으로 기우뚱해지는 몸의 중심을 유지하느라 힘이 들었다. 흉추 손상이긴 해도 5, 6, 7, 8번으로 손상 레벨이 높아서 움직임이 커질 때면 아직도 가끔씩 중심을 놓쳤다. 문제는 그뿐만이 아니었다. 마약성 진통제를 최대 용량으로 복용하고 신경차단술까지 받았음에도 하반신의 통증이 잡히지 않는데다, 사고 당시어깨와 팔의 분쇄 골절로 여러 차례 수술을 받았기 때문에 그쪽에체중이 실릴 때마다 적잖이 고통스러웠다. 이렇게 여러 문제가 겹친 탓에 혼자서 옮겨 앉기를 자유롭게 해내기까지 꼬박 삼 년의재활 과정을 거쳐야 했다. 그때는 지금보다 체중이 십 킬로그램은더 나갔기에 쉽지 않았지만, 평생 침대에 누워서 남의 도움만 받으며 살아갈 게 아니라면 해내야만 하는 일이었다.

"내가 보기엔 요새 세영이가 진짜 열심이더만."

기어이 방까지 따라 들어온 엄마가 또다시 했던 말을 반복했다.

"지난번에도 그렇게 말했잖아요. 그래서 줄 만큼 줬고요. 그 돈모으려고 내가 어떻게 살았는지 알기나 해요? 이제 더는 못 주니까 꿈도 꾸지 말아요."

나는 자리를 잡고 뒤꿈치 욕창 방지를 위해 양 발목 아래 발목베개를 괴며 말했다. 엄마가 더 말을 하려다 그만두고 한숨을 내쉬었다. 반듯하게 누워 이불을 목까지 끌어당겼다. 신물이 목울대를 타고 울컥울컥 넘어왔지만 미간을 찌푸리며 다시 꿀걱 삼켰다. 목구멍이 타들어가는 것 같았다. 잠이 오는 것도 아닌데 눈을 꽉감았다. 더이상 대꾸하지 않을 생각이었다. 지난번, 언니가 꽈배기 가게를 열 때도 적지 않은 돈을 내줬다. 급여가 백만원이 채 안 되던 시절부터 시작해 오 년 가까이 매달 사십만원씩 부은 적금이었다. 그만한 돈을 모으는 동안 나는 일 년짜리 단기 계약직을 전전하며 매일 아무도 보지 않을 기사를 스크랩하고, 채용 정보 사이트를 눈이 빠지게 뒤져 알바 공고를 낸 프랜차이즈 음식점의 전화번호를 수집했으며, 업체 홍보성 기사를 SNS 가계정에 매일 반복해서 올렸다. 적금을 붓고 남은 돈만으로 생활을 꾸려나가는 일도 만만치가 않았다. 살림이 말도 못하게 팍팍해지다보니, 처음엔 우울증에 빠진 사람처럼 걸핏하면 눈물이 났다. 참고 참다가 한 번씩 폭발하듯 쓸모없는 물건을 사들이고선 한층 더 쪼들리며 크게 후회하기도 했다. 오랜 세월 무턱대고 소비 욕구를 억누른 탓인지, 이제는 무언가 사기 위해 물건을 골라야 할 때면 속부터 울렁댔다. 간신히 구입해놓고도 혹시 불필요한 소비를 한 것은 아닌지 자기 검열을 반복하며 자책했다. 돈 때문에 비참해질 미래를 상상하며 불안에 떨기도 했다.

소송에서 받은 돈은 백삼만원이 빠지는 이억 칠천만원이었다. 그중 엄마 집에서 독립하기 위해 집을 구할 때 쓴 돈 일억 이천만원을 뺀 나머지 일억 오천만원이 적으나마 차곡차곡 이자를 불리며 은행에 예치되어 있었지만 불안은 조금도 가시질 않았다. 요즘 같은 고물가 시대에 벌지 않고 쓰기만 하다가는 그리 오래 버틸 수 있는 액수가 아니라는 걸 알고 있기 때문이었다. 나이들수록 더 많은 돈이 필요하다는 것은 상식이었다. 언제 어떤 병에 쓰려져 목돈이 필요해질지 알 수 없었다. 기대수명이 평균보다 많이 짧다곤 해도 손놓고 놀기에 나는 아직 너무 젊었다. 게다가 기대수명보다 오래 살게 될 악운에도 대비해야 했다. 그러려면 앞으로도 허리띠를 졸라맨 채 의미 없는 일이라도 꾸역꾸역 해나가는 수밖에 없었다. 도대체 언제까지 그렇게 살아야 하는지는 모르겠지만 말이다. 그런 돈을 내놓으라니. 먼젓번에 빌려간 돈도 갚지 않았으면서 또! 이해도 용납도 되지 않았지만 싸우고 싶은 생각마저 없었다.

휴대폰 알람 소리에 설핏 눈을 떴다. 가장 먼저 통증이 찾아왔다. 지난 십사 년간 단 하루도 빠짐없이 통증 속에서 잠들고 깨어났다. 바지 속에 손을 넣어 골반을 움켜잡듯 꽉 눌렀다. 그런다고 나아지는 건 아니었지만, 골반 통증이 느껴질 때마다 해온 버릇이었다. 살갗이 불에 덴 것처럼 아리고 화끈대는 작열통이 시작되면 그나마도 할 수 없었다. 그럴 땐 옷이고 이불이고 살갗에 무언가가 스치기만 해도 살이 칼날에 베이는 듯 고통스러웠다. 서혜부가 갈가리 찢기다못해 쩍 갈라지는 것만 같았다. 입술을 앙다물고 버티다보니 또다시 쇠맛이 느껴졌다. 치아가 또 입속 살을 뚫은 모양이었다. 침을 모아 삼켰다. 비릿하고 찝찔했다.

통증이 좀 가시자 끝나지 않을 것처럼 이어지던 언니의 울음소리가 귓전에서 다시 웽웽거리기 시작했다. 지난밤 언니는 제풀에 지쳐 떠나기 전까지 골이 흔들릴 지경으로 징징거렸다. 그걸 말리는 엄마도 시끄럽긴 마찬가지였다. 그 아수라장 속에서도 나는 감은 눈을 뜨지 않고 버텼다. 중환자실에 있을 때, 맞은편 침상에 섬망에 시달리며 종일 알 수 없는 존재와 싸우던 환자가 있었다. 그때 나는 그녀가 보는 존재들이 내 눈에도 보일까봐 정신을 차리고도 눈을 뜰 수가 없었다. 그때로부터 십사 년이나 흘렀는데, 여전히 눈을 뜨는 게 두려운 상황 속에 놓여 있다는 게 기막혀서 헛웃음이 났다. 마음을 어지럽히는 상념들을 털어내며 일어나 앉았다. 재택근무지만 시간 맞춰 출근해야 했다. 휴대폰을 들어 시간을 확인했다. 일곱시 삼십팔분. 천천히 옷을 갈아입은 뒤 양말과 운동화를 신었다. 무릎 띠를 묶고 휠체어를 당겨 자리를 잡고 브레이크를 잠갔다. 두 다리를 침대 밖으로 내리고 자세를 바로잡은 뒤 하나, 둘, 셋. 마음속 구령에 맞춰 팔 힘만으로 침대에서 휠체어로 옮겨 앉았다.

프로그램을 열 때마다 들리는 실행음이 거칠게 늘어졌다. 아무래도 조만간 노트북을 바꿔야 할 것 같았다. 넉넉지 않은 통장 잔고를 떠올리며 업무를 위해 몇 가지 프로그램을 세팅했다. 업무 준비를 마치고 휠체어를 부엌으로 몰았다. 정수기에서 뜨거운 물을 받아 컵을 데운 뒤 쏟아 버리고 믹스 커피 두 봉지를 컵에 부었다. 물을 적게 받아 진하게 탄 커피를 쟁반에 받쳐 무릎 위에 올려놓고 휠체어를 다시 방으로 몰았다. 책상 한쪽에 쟁반을 올려놓고 휠체어를 고정하려는데 브레이크가 잠기지 않았다. 내려다보니 시스토스토미 시술로 방광에 꽂아놓은 소변줄이 오른쪽 브레이크에 끼여 있었다. 소변줄을 빼내고 브레이크를 다시 잘 잠갔다. 유튜브 저장 목록에서 동영상을 하나 골라 재생했다. 아궁이가 있는 고향집 풍경을 담은 영상이었다. 아궁이 앞에 앉은 노파가 부뚜막 옆에 쌓인 나뭇단에서 잔가지를 한 움큼 뽑아내 아궁이 속 굵직한 장작들 사이에 끼워 넣었다. 그러곤 종이에 불을 붙여 장작 밑에 밀어넣었다. 불길이 잘 살아나지 않자 노파는 긴 나무막대를 부지깽이 삼아 아궁이 속을 쑤석거렸다. 불이 잘 붙지 않은 장작에서 피어오르는 연기와 그을음에 노파가 눈살을 찡그렸다. 그렇게 한동안 자욱한 연기 속에서 아궁이 속을 쑤석대자 시원찮던 불길이 날름날름 살아났다. 노파가 나뭇단에서 다시 잔가지를 뽑아 부러뜨려 불길 속에 던져 넣으며 지난봄 요양원으로 실려간 남편에 대해 얘기했다. 어느새 자욱하던 연기가 가시고 아궁이 속 불길은 활활 타올랐다. 한동안 불길을 말없이 바라보다 자리에서 일어난 노파가 이번엔 땟물이 찌든 행주로 가마솥 뚜껑을 닦았다. 물기가 닿자 반들반들한 가마솥 뚜껑에서 하얀 김이 모락모락 피어올랐다. 제작진이 할아버지는 어떤 사람이었냐고 물었다.

"어떤 사람이긴 뭐이 어떤 사람이야. 만날 술이나 퍼마시던 사람이지."

노파가 말했다. 노파는 남편이 평생 일은 하지 않고 놀기만 했다고 일러바치듯 덧붙였다.

"우리 할아버지가 작은집만 서이를 들였다니까. 내가 이 솥에다 그 여자들 밥을 죄 해서 날랐어. 하이고, 징글징글해라."

아팠을 이야기를 노파는 마치 우스갯소리라도 하듯 털어놓으며 손으로 입을 가린 채 웃었다. 카메라가 두툼하고 마디마디 굽은 노파의 손을 클로즈업했다. 재활 훈련을 받는 동안 부쩍 두꺼워진 내 손을 내려다봤다. 휠체어를 미느라 양 손바닥과 엄지 옆쪽엔 단단한 굳은살도 박였다. 얇고 길쭉한 손가락에 반짝이는 반지를 끼고 네일 파일로 부드럽게 정리한 손톱에 색색의 매니큐어를 바르던 시절도 있었다. 매니큐어가 조금이라도 찍히거나 벗겨지면 그 부분만 수정하는 게 아니라 깨끗하게 싹 지우고 몇 번이고 다시 바르곤 했다. 언니는 그런 나를 유난스럽다며 흉봤지만, 손끝까지 완벽하게 준비된 다음에야 무슨 일이든 시작할 수 있었으니 나도 어쩔 도리가 없었다. 손톱깎이로만 대충 잘라 라인이 고르지 못한 손톱을 들여다보며 오래전 기억을 더듬는데 휴대폰 알람이 울렸다. 여덟시 삼십분이었다. 얼른 오피스 프로그램 창을 띄우고 출근 체크를 했다. 팀장이 주관하는 출근 조회 시간을 알리는 다음 알람이 울리기까지는 정확히 이십 분 남아 있었다. 커피를 마시며 동영상 속 아궁이와 부석부석한 모습의 노파를 바라봤다. 뜨겁고, 진하고, 울렁거렸다.

정각 아홉시, 업무 시작을 알리는 알람이 울렸다. 포털 검색창에 첫번째 검색어인 '외국인 노동자'를 입력했다. 검색창 끝 돋보기 기호를 클릭하자 관련 기사들이 주르륵 떠올랐다. 뉴스 검색을 선택한 후 최신 기사순으로 정렬했다. 기사 제목을 훑어보며 기사를 선별했다. 스크랩했던 기사는 제외였다. 관련도가 낮거나 누군가 이미 스크랩한 기사도 제외였다. 외국인 노동자들의 직군별 취업 비중에 관한 기사를 선택했다. 외국인 노동자의 일손이 필수인 상황 속에서 비전문 취업 비자로 체류중인 외국인의 팔십 퍼센트가 광·제조업에 종사하고 있었다. 먼저 기사 제목을 복사해서 카페 내 취업 관련 게시판에 붙여넣었다. 내용에 기사 링크를 첨부하고 기사 속 몇몇 단어를 태그해 게시물을 등록한 뒤 보고서에 게시물 링크를 복사해 저장하면 되는 간단한 일이었다. 스크랩을 하나 끝낸 뒤에는 십오 분 후 다음 알람이 울릴 때까지 기다리면 됐다. 기다리는 동안 유튜브 창을 불러왔다. 국가유공 훈장을 목에 건 노인이 눈발이 듬성듬성 날리는 밭 한가운데에 서 있었다. 노인이 작은 둔덕에 겹겹이 덮인 보온용 부직포를 걷어내더니 곡괭이를 내리꽂았다. 부직포를 덮어놨는데도 꽝꽝 언 땅은 노인이 내리꽂는 괭이를 자꾸만 튕겨냈다. 노인이 들고 있던 곡괭이를 내던지더니 굽은 허리를 쭉 펴며 한숨을 내쉬었다. 부연 입김이 우르르 뿜어져나왔다. 삽과 쌀부대를 들고 뒤늦게 나타난 노인의 아내가 쌀부대를 노인의 발치에 휙 던졌다. 노인이 하필이면 가장 추운 날 일을 만들었다며 소심하게 투덜댔다. 노인의 아내는 아무

대꾸 없이 삽질을 시작했다. 아내의 눈치를 살피던 노인도 마지못해 다시 괭이질을 했다. 두 노인이 내뿜는 입김이 언 땅을 녹이고도 남을 것만 같았다.

간신히 파헤친 흙무더기에는 하얀 무가 가득이었다. 흙무덤은 겨울무의 저장고인 모양이었다. 노인의 아내가 삽질을 멈추고 무에 묻은 흙을 떨어 부대에 담았다. 노부부가 각자 반쯤 찬 부대를 하나씩 짊어지자 휴대폰 알람이 울렸다. 유튜브 창을 내리고 종전과 같은 방법으로 기사를 스크랩하려는데, 하반신이 전기에 감전된 듯 지잉지잉 울리기 시작했다. 잡고 있던 마우스를 놓고 허벅지를 움켜잡았다. 근육이 모두 빠져 물컹한 살 속 대퇴골이 만져졌다. 처음엔 감전된 것 같던 두 다리에서 곧 묵직한 통증이 느껴졌다. 거대한 바윗덩이에 하반신이 짓눌린 듯했다. 누군가 발바닥에 거대한 대못을 박아넣는 것도 같았다. 책상에 엎드리며 양 허벅지를 움켜잡은 손아귀에 더욱더 힘을 가했다. 대퇴골을 으스러뜨리고 싶었다. 아니, 하반신을 아예 싹둑 잘라버리고 싶었다. 그렇게 하면 이 끔찍한 통증에서 벗어날 수 있을지도 모른다는 생각에서 놓여날 수가 없었다. 책상에 고개를 처박은 채 두 눈을 질끈 감고 이를 바득바득 갈며 통증이 지나가기만을 기다렸다. 삶은, 통증을 견디는 일 그 이상도 이하도 아니었다.

통증이 가시길 기다렸다가 업무를 재개했다. 통증 때문에 게시물 올리는 시간이 십 분씩 밀리게 됐다. 팀장에게 메시지부터 보냈다.

　—통증 때문에 게시물 등록 시간이 십 분씩 밀리게 됐습니다. 죄송합니다.

　미리 말하지 않으면 나중에 잔소리를 들을 게 뻔했다. 대수롭지 않게 생각하고 보고하지 않았다가 싫은 소리를 들은 적이 있었다.

　—알겠습니다. 가능하면 게시물 등록 시간을 지켜주세요.

　—네. 죄송합니다.

　죄송한 마음 같은 건 조금도 들지 않았지만, 늘 하던 대답을 이번에도 반복했다.

　골라놨던 기사를 스크랩해 게시판에 올렸다. 보고서에도 기사 제목과 게시물의 링크를 복사해 붙였다. 십오 분 후에도, 또 그다음에도, 똑같은 간격으로 똑같은 일을 반복했다. 다른 사람들도 모두 십오 분 전후의 간격으로 기사를 스크랩해 올렸다. 간혹 같은 기사가 올라오기도 했는데, 그러면 나중에 올린 사람이 삭제하고 다른 기사를 찾아 스크랩했다. 여러 사람이 같은 일을 했지만, 딱히 문제가 일어난 적은 없었다. 중복될 땐 나중에 올린 사람이 수정한다는 간단한 규칙 덕분이었다.

　이런 일이 세상에 어떤 쓰임이 있는 걸까. 생각하고 싶지 않아도 생각하게 됐다. 사실, 손 사용이나 인지에 어려움이 있는 장애인들에게는 그렇게까지 쉬운 일이 아닐 수도 있었다. 그러니 업무의 강도나 전문성을 문제삼고 싶지는 않았다. 다양한 장애를 가진 인원들을 모집하다보니 공통적으로 가능한 업무가 한정적이기도 했을 테고. 그걸 이해하지 못하는 것도 아니었다. 내가 이해하기 힘든 것은 어째서 급여를 주며 고용해놓고 회사에 아무런 도움도 되지 않을 일을 시키는가 하는 점이었다. 아무리 사소해도, 찾아보면 회사에 보탬 되는 일이 아주 없지는 않을 텐데 말이다. 물론, 장애인 재택근무 팀들이 장애인의무고용제도 때문에 꾸려졌다는 걸 모르는 바가 아니었다. 회사 입장에서는 분담금을 내는 것보다는 의무고용률을 지키는 편이 더 유리하기에 우리들을 고용했을 뿐 그 밖의 나머지는 다 귀찮은 일에 불과할지도 몰랐다. 그렇다고 해도 어디에라도 쓸모가 있는 일을 하고 싶다는 바람은 쉬 사라지지 않았다.

오래된 아궁이가 있는 부엌에서 노부부가 분주하게 움직였다. 아궁이에선 벌건 불길이 기세 좋게 너울댔고 노인은 부뚜막에 한쪽 다리를 걸치고 서서 긴 나무 주걱으로 가마솥 안을 휘휘 저었다. 노인의 아내가 커다란 대야 가득 담긴 무채를 가마솥에 쏟아부었다. 뭘 만드는 거냐는 제작진의 물음에 노인의 아내는 천식을 오래 앓아온 큰아들 얘기를 꺼냈다. 평생 동안 병치레가 잦았던 아들 얘기를 하는 늙은 엄마의 얼굴에 수심이 가득했다.

"옛날부터 천식에는 무로 엿을 고아 먹였지."

가마솥 안을 휘저으며 아내의 말을 듣고만 있던 노인이 문득 움직임을 멈추더니 카메라를 보며 한마디 덧붙였다. 그러고 보니 노인의 숨소리가 거칠었다. 목에는 여전히 국가유공 훈장이 걸려 있었다. 노인은 짬이 날 때마다 쌔액쌔액 거친 숨을 가쁘게 뱉어내며 훈장을 자랑스레 카메라에 들이댔다. 구순이 가까워오는 노인의 큰아들은 몇 살쯤 되었을까. 천식을 오래 앓았다는 그는 이미 무사히 늙어 내가 가닿을 수 없을 나이를 살아가고 있을지도 몰랐다.

어젯밤, 나를 붙들고 끝도 없이 징징대던 언니가 갑자기 소리쳤다.

"넌 내가 그냥 죽었으면 좋겠지!"

미동도 하지 않았지만, 마치 비명을 지르듯 일갈하는 언니의 말에 가슴이 쿵 내려앉았다. 내가 정말 언니가 죽기를 바라기라도 했던 것처럼 죄책감이 밀려왔다. 언니가 붙들고, 흔들어대고, 빌고, 때리고, 악쓰고, 별짓을 다 하는데도 내가 꼼짝하지 않자 엄마가 말했다.

"저렇게 독한 걸 다행이라고 해야 할지도 모르겠네."

"지금 뭐라는 거야? 엄마 미쳤어?"

잔뜩 독이 오른 언니가 엄마에게도 따지듯 덤벼들었다. 나는 울컥울컥 넘어오는 신물과 트림을 꿀꺽 삼켜버렸다. 명치끝이 꽉 막힌 듯 답답했다. 그때 골반뼈가 으스러지고 엉덩이 살이 갈기갈기 찢기는 듯한 통증이 밀려왔다. 나도 모르게 몸이 움찔거렸다. 이번에도 표 내지 않고 참아 넘길 수 있을지, 자신이 없었다.

"깨 있는 거 다 아는데 자는 척하는 꼴 좀 보라지. 이기적인 년."

언니가 빈정거렸다. 또다시 의지와는 상관없이 몸이 통증 때문에 움찔하는 순간, 울컥 치밀어오른 것이 분노인지 슬픔인지, 아니면 그저 구역질일 뿐이었는지 잘 구분이 가지 않았다. 수년째 나았다 재발하길 반복하는 꼬리뼈 욕창 때문에 두 시간에 한 번씩은 체위를 변경해줘야 했지만 그러지 못하고 있었다. 아주 잠깐 사이에도 욕창은 심각하게 나빠질 수 있었다. 그건 엄마도 언니도 잘 아는 사실이었다.

알람이 울려 기사 하나를 더 스크랩한 뒤 다시 유튜브 영상을 봤다. 긴 세월 아궁이가 있어 추운 겨울을 걱정 없이 날 수 있었다며 아궁이를 예찬하는 노인들의 인터뷰가 이어졌다. 노인들의 말은 빈말이 아닐 터였다. 그러나 쇠락해가는 마을과 함께 늙어가고 있는 노인들은 긴 겨울을 날 장작을 구하기 위해 나머지 계절 내내 인적 드문 산속을 헤맸을 것이다. 운좋게 고사목이라도 발견하면 감지덕지하며 잘라서 등에 지고 가파른 산길을 내려왔겠지. 집에 돌아와서는 또 불 때기 좋도록 장작을 패서 쌓고 말려야 했을 테다. 굽은 등과 무너진 허리로 감당해야 했을 강도 높은 노동을 생각하며 노인들의 인터뷰를 듣고 있는데, 갑자기 뱃속에서 꾸르륵하는 소리가 났다. 그 소리에 얼마나 놀랐는지, 온몸에 소름이 돋으며 순식간에 등줄기와 이마에서 식은땀이 줄줄 흐를 정도였다.
장애를 입고 처음 몇 년간은 배탈이 난 건지 어쩐 건지 전혀 모르는 채 느닷없이 설사를 하는 경우가 종종 있었다. 5번 흉추 아래로는 마비가 돼서 어떤 감각도 느끼지 못하는 탓이었다. 감각이 없다는 것은 몸에서 보내는 위험신호를 감지할 방법이 없다는 뜻이었다. 대변 실수를 하지 않으려면 미리 식사량을 조절하고 섭취하는 음식의 종류도 제한해야 했다. 그러나 마비로 인해 장 기능은 급격하게 나빠지는데, 달라진 생활에서 오는 온갖 스트레스를 먹는 걸로 풀다보니 배탈이 잦을 수밖에 없었다. 게다가 자연배변이 불가능해 관장약을 넣어 억지로 변을 배출하기 때문에 미처 빠져나오지 못하고 쌓인 대변이 불시에 밀려나오기도 했다. 괄약근이 기능을 전혀 못하니 한번 대변이 밀려나오기 시작하면 멈출 방법도 없었다. 돌이켜보면, 불안과 우울로 인해 집에만 콕 박혀 있었기 때문에 그나마 견딜 수 있었던 것 같다. 기분 전환을 해보겠다고 내 딴엔 큰마음을 먹고 찾았던 시내의 한 미용실에서 예기치 못한 실수를 했을 땐, 그야말로 정신이 산산이 깨져서 흩어져버리고 말았다. 그날 난 사람들로 들끓는 미용실의 샴푸 의자에 똥칠을 해놓는 걸로도 부족해, 똥 범벅인 채로 휠체어에 옮겨 타고 장애인 화장실을 찾아 이 건물 저 건물 낯모르는 사람들 속을 헤매고 다녀야 했다. 시간차를 두고 우르르 쏟아져나오는 설사를 막을 수도, 끝내 겉옷 위로 배어나오고 만 배설물을 닦아낼 수도 없었다. 내게서 풍기는 악취를 맡은 사람들과 눈이 마주칠 때마다 내 존재가 지워지길 바랐지만, 그 끔찍한 순간을 모면할 방법은 세상 어디에도 없었다.

생각해보면 이번에는 조짐이 아주 없던 것도 아니었다. 어젯밤 내내, 또 아침나절에도 몇 번이나 신물이 넘어오고 속이 불편한 걸 느꼈으니까. 원인을 모르겠는 열감도 있었다. 그래도 몇 달간 먹은 거라고는 누룽지와 젓갈뿐인데 설마 탈이 났을까 싶었다. 언니 일로 속이 시끄러워 다른 생각은 제대로 하지 못한 탓도 있었다. 뱃속이 꾸르륵거린 지 얼마 지나지 않아 대변 냄새가 났다. 마비로 인해 감각이 소실됐으므로 대변이 나왔는지 소변이 나왔는지 냄새가 나기 전까지는 알 방법이 없었다. 어떤 일부터 시작해야 할지 전혀 떠오르지가 않았다. 딱딱하게 굳은 대변이라면 밀려나오더라도 혼자서 치워보려 시도할 수 있지만, 묽게 풀어져서 꾸역꾸역 밀고 나오는 설사의 경우엔 도저히 혼자서 해결이 안 됐다. 한동안 머리가 하얗게 된 채 허둥대다가 간신히 정신을 차리고 활동지원사에게 전화를 걸었다. 활동지원사의 출근 시간까지는 네 시간 가까이 남아 있었다.

"어떡하지? 내가 어제 천안 언니한테 내려왔지 뭐야. 지금 바로 출발해도 두어 시간은 걸릴 텐데……"

다급한 마음에 활동지원사의 말을 끝까지 듣지도 않고 전화를 끊어버렸다. 단축 번호 1번을 길게 눌렀다. 전화벨이 아주 길게 울린 다음에야 전화를 받은 엄마는 나보다 더 당황한 것 같았다.

"아니, 한동안 안 그러더니 왜 또 그런다니. 그래서, 지금 어떻게 하고 있어? 활동지원 선생한테 전화는 걸어봤어? 뭐? 천안? 그 여편네 제정신이라니? 카드 먼저 찍는 대신 멀리 가면 안 된다고 그렇게 얘기했는데, 천안은 웬 천안? 센터에서 단속이라도 나오면 어쩌려고! 아니, 단속이고 나발이고 이런 일이 언제 터질지 모른다고, 멀리 갈 땐 미리 얘기해달라고 내가 수도 없이 부탁했는데!"

엄마는 화를 내는 건지 하소연을 하는 건지 알 수 없을 정도로 안절부절못했다. 그러면서 하필이면 오늘 지하 주차장 물청소를 하는 날이라서 빠져나오기가 힘들다고 했다.

"가도 최소한 오전 일은 마쳐야 가볼 수 있지 싶어. 일단 말은 해보겠지만, 아마 안 될 거야. 어떡하지? 참, 세영이는? 세영이한 테 전화해봤니? 언니 집에 있을 거야. 전화해봐. 응? 언니한테 창피한 게 어디 있어. 전화해도 괜찮아. 전화해봐. 이럴 때 믿을 사람이 언니밖에 더 있니? 세영이한테 전화해, 세진아. 응?"

같은 말을 반복하며 흥분을 가라앉히지 못하는 엄마를 오히려 진정시킨 후에야 전화를 끊을 수 있었다. 조금 망설이다 언니한테 전화를 걸어봤다. 언니는 통화 연결음이 끝나고 음성 메시지 안내로 넘어가도록 전화를 받지 않았다. 혹시나 싶어 한번 더 걸어봤지만 마찬가지였다. 하는 수 없이 카톡을 남겨뒀다. 이제 더는 연락할 곳도 없었다. 안 그러고 싶은데 자꾸만 눈물이 쏟아지려고 했다. 뜨겁게 치받는 숨을 연신 몰아쉬며 눈물을 삼켜보려 애쓰는데 또다시 휴대폰 알람이 울렸다.

포털 검색창에 키워드를 입력하고 검색을 클릭했다. 관련 기사들이 주르륵 떠올랐다. 최신 기사순으로 정렬한 뒤 기사를 선별했다. 스크랩할 기사를 정해서 제목부터 복사했다. 하루에 열 개씩 똑같은 방법으로 기사를 스크랩해서 게시물을 등록하고 보고서에 그걸 옮겼다. 열한시가 조금 넘어 업무 보고서 작성을 마치면 곧바로 팀장에게 메신저로 전송해 오류가 없는지 확인을 받아야 했다. 나처럼 위탁업체에 소속된 장애인 재택근무자인 팀장은 보고 대상자들 중 직접 연락이 닿는 유일한 사람이었다. 하지만 그는 내가 오류가 있는 채로 보고서를 전송한 꽤 긴 기간 동안 한 번도 그 오류를 알아채지 못했다. 물론, 그가 정말로 내 보고서를 검토하는지, 아니면 받아서 취합만 하는지 확인할 길은 없었다. 휴게시간이 끝나면 위탁업체 그룹웨어에 완성된 보고서를 등록했고 회사 담당자와 위탁업체 인사관리부를 포함한 다섯 명의 수신인들에게도 파일을 첨부한 보고 메일을 발송했다. 하지만 그중 어떤 과정에서도 오류가 있는 내 보고서는 걸러지지 않았다. 이 일은 인지능력이 다소 부족한 사람도 반복 훈련만 거치면 해낼 수 있을 만큼 쉽지만, 나는 내가 무슨 일을 하고 있는지 도무지 알 수 없었다. 이런 고민을 똥을 싸서 뭉개고 앉은 채 하고 있다니, 현실을 인식할 때마다 온몸의 피가 머리로 쏠리는 기분이었다. 혼자 있는데도 수치심이 밀려와 견딜 수가 없었다. 인간으로서 갖는 마지막 존엄마저 무너져버린 것 같았다. 긴 한숨을 내쉬며 책상에 엎드렸다. 그 바람에 아랫배에 힘이 들어갔는지, 다시 꾸르륵 설사가 밀려나오는 소리가 들렸다. 놀라서 튕겨오르듯 몸을 일으켰다. 윗도리를 끌어올리고 조심스럽게 바지 허리춤을 들춰봤다. 묽은 대변이 팬티에서 넘쳐 허리춤 근처까지 밀려올라와 있었다.

"더러워······"

나도 모르게 중얼거리고 나자 숨이 콱 막히면서 눈물이 왈칵 솟았다.

마지막 기사 스크랩을 마친 뒤 일계를 정리하고 보고서 작성 일자를 수정함으로써 일일업무 보고서를 완성했다. 그때까지 활동지원사도 엄마도 오지 않았다. 언니에게 남긴 카톡의 숫자 1도 그대로였다. 설사 범벅을 한 채 지독한 악취 속에서 꾸역꾸역 해야 할 일을 계속했다. 무슨 일이 벌어졌든 오늘의 업무 보고서는 제출해야 했다. 그동안 이 일을 해서 받은 많지 않은 급여나마 없었다면 내일의 나를 위해 남겨둔 '그 돈'은 벌써 녹아 사라지고 말았을 것이다. 이 업무의 의미나 가치를 고민하는 것도, 사실은 생계를 해결한 다음의 일이었다. 완성된 보고서를 팀장에게 전송했다. 평소보다 늦었지만, 이미 보고한 일이니 특별히 문제될 것은 없었다.

—보고서 보내드립니다.

어제와 똑같은 메시지와 함께였다.

—수고하셨습니다.

팀장 역시 어제와 똑같은 메시지를 보내왔다. 그도 이미 오늘의 업무 보고서 작성을 마쳤을 터였다. 그가 작성한 보고서는 누구에게 보내질까. 그도 나처럼 게시물의 조회 수와 보고 메일의 수신 여부를 확인하며 막막한 기분에 사로잡힐까. 오늘의 내가 어제의 나와 조금도 달라지지 않았고, 이대로라면 내일의 나 역시 오늘의 나처럼 아무 쓰임이 없을 거라는 사실에 절망할까. 어떤 마음도 갖지 않겠다는 다짐은 얼마나 부질없는가. 오늘만 생각하며 꾸역꾸역 살아가다가 정해진 때에 홀가분하게 통증에서 벗어나면 그만이라고 생각했는데, 마음은 언제고 마음대로 되지가 않았다. 꾸르륵꾸르륵, 또다시 설사가 밀려나왔다. 그와 동시에 다시 알람이 울렸다. 열한시 사십오분. 휴게시간 십오 분 전이었다. 아무 일도 없었다면 부엌으로 나가 누룽지탕을 안칠 시간이었다. 후드득, 끝내 눈물이 쏟아졌다. 뜨겁게 달아오른 목구멍에서 기어이 울음이 새어나왔다. 이번에는 알람을 끄지도, 치받는 감정을 애써 눌러 삼키지도 않았다. 나는 요란스럽게 울리는 알람처럼, 화면 속 아궁이에서 너울대는 불길처럼, 울컥울컥 터져나오는 울음을 참지 않고 토해냈다.

기획의 말을 대신하여

 이 글의 제목이 '기획의 말을 대신하여'인 이유가 있다. '월급
사실주의'라는 문학 동인과 이 단행본에 대해 내가 생각하는 바는
있는데, 다른 참여 작가들도 그 생각들에 다 동의하는지 자신이
없다. 내가 대표로 말을 할 자격이 있는지도 모르겠다. 대표 같은
건 안 정했고 앞으로도 정하지 않으면 좋겠는데, 그 또한 내 개인
의견이다.

 월급사실주의라는 이름은 다분히 1950~1960년대 영국의 싱
크대 사실주의Kitchen sink realism를 의식했다. 지난해 동인 참여를
제안하면서 작가분들께 미리 말씀드린 문제의식과 규칙은 있다.
문제의식은 '평범한 사람들이 먹고사는 문제를 사실적으로 그리
는 한국소설이 드물다. 우리 시대 노동 현장을 담은 작품이 더 나

와야 한다'는 것이었다. 규칙은 이러했다.

① 한국사회의 '먹고사는 문제'에 대해 문제의식을 갖는다. 비정규직 근무, 자영업 운영, 플랫폼 노동, 프리랜서 노동은 물론, 가사, 구직, 학습도 우리 시대의 노동이다.

② 당대 현장을 다룬다. 수십 년 전이나 먼 미래 이야기가 아니라 '지금, 여기'를 쓴다. 발표 시점에서 오 년 이내 시간대를 배경으로 한다.

③ 발품을 팔아 사실적으로 쓴다. 판타지를 쓰지 않는다.

④ 이 동인의 멤버임을 알린다.

이런 문제의식과 규칙으로 동인을 만들어 책을 내자는 제안을, 글 잘 쓰고 비슷한 문제의식을 품은 듯한 소설가 스무 분 남짓께 보냈다. 공감하지만 여유가 없다는 분도 계셨고 참여하기로 했다가 건강 문제로 단행본 작업에서 하차한 분도 계셨다. 나를 포함해 참여 작가 열한 명을 모은 뒤 몇몇 출판사에 기획안을 보냈다.

문학동네에서 기획안을 받겠고, 책 제목에는 '월급사실주의 2023'이라는 부제를 붙이기로 했다. 이 기획이 잘되면 멤버를 충원해가며 '월급사실주의 2024' '월급사실주의 2025' '월급사실주의 2026' 하는 식으로 작업을 이어나가고 싶다는 바람이 있다. 한국 소설가들이 동시대 현실에 문제의식을 갖고 쓴 소설이 그렇게 쌓이면 멋지겠다.

월급사실주의 작가들의 합의는 여기까지다. 우리는 세부 이론이나 단체 규정을 만들지 않으며, 선언이나 결의문을 채택하지도 않는다. 우리는 소설을 쓴다.

'이런 시대에 문학을 왜 읽어야 하느냐' '문학의 힘이 뭐라고 생각하느냐' 같은 질문을 종종 받는다. 문학계에 한 발 걸친 사람이라면 요즘 다들 비슷한 질문을 받는다. 문학의 힘이 잘 보이지 않으니 나오는 질문이다. 돈의 힘이 뭔지 궁금해하는 사람은 없다.

내 귀에는 궤변처럼 들리는 답이 있다. '문학의 힘은 무력함에서 나옵니다' '문학은 힘이 없기 때문에 힘이 있습니다' 같은 이야기. 공허한 말장난 같다. 나는 문학에 힘이 없는 게 아니라 힘있는 문학이 줄어든 것 아닌가 의심한다.

'힘있는 문학'이라는 말을 들으면 존 스타인벡의『분노의 포도』가 떠오른다. 이 소설은 힘있고 아름답다. 대공황을 이야기하지만 대공황만 이야기하지는 않는다. 대공황 시기 사람들의 고통을 이야기하고, 그럼으로써 시대를 초월한 무언가를 말한다.

『분노의 포도』는 대공황이 거의 끝날 무렵 나왔는데, 출간되자마자 격렬한 논란에 휩싸였다. 특히 소설 속 묘사가 거짓이라는 공격을 받았다. 그때까지도 사람들은 자신들이 겪는 일이 무엇인지 정확히 몰랐던 것 같다. 당시 그들은 미증유의 재난 속에 있었는데, 원래 거대한 사건은 안에서 평가하기 어렵고 처음 보는 일이라면 더 그렇다.

한국에서도 그런 일이 있었다고 생각한다. 1997년 외환위기가 발생했고, 이후 한국의 노동시장은 정규직 중심의 1차 노동시장과 비정규직 중심의 2차 노동시장으로 분리됐다. 이십 년이 지난 2017년, 한국개발연구원KDI이 벌인 설문조사에서 응답자의 88.8퍼센트가 외환위기의 영향으로 비정규직 문제를 꼽았다. 비정규직이라는 단어 자체가 외환위기 이전에는 거의 쓰이지 않았다. 관련 정부 통계도 없었다.

2022년 비정규직 노동자는 815만 명을 넘었다. 이제 한국인 절반가량은 본인이 비정규직이거나 가족이 비정규직으로, 이것은 2020년대 한국사회 불평등의 핵심 중 하나다. 그런데 나는 2000년대 들어 그렇게 비정규직이 늘어나던 시기, 한국 노동시장이 둘로 쪼개지던 때에, 그 실태나 증가세를 사실적으로 알리고 비판한 작품으로 한국소설보다는 드라마나 웹툰이 먼저 떠오른다. 백수나 시간강사가 등장하는 소설들을 놓고 노동시장 이원화를 지적한 거라고 주장하고픈 마음은 안 든다.

황석영 작가는 2010년대 중반 몇몇 언론 인터뷰에서 〈미생〉과 〈송곳〉을 높이 평가하며 "문학이 그런 서사를 다 놓치고 있다니!" "한국문학의 위기는 한국문학 스스로가 현실에서 멀어지면서 자초한 게 아닌가" "한국 젊은 소설가들이 바로 이런 당대의 문제에 접

근을 해야"한다고 말했다. 나도 동감이었다. 〈미생〉과 〈송곳〉이
전에 비정규직 문제를 다뤄 큰 호응을 얻은 드라마 〈직장의 신〉이
일본 드라마의 리메이크작이었다는 사실에 이르면 여러 가지 생
각이 든다. 한국소설 중에는 원작으로 삼을 마땅한 작품이 없었던
걸까. 과연 한국 소설가들이 탄광의 카나리아고 잠수함의 토끼 같
은 존재라고 당당하게 말할 수 있을까.

아름다운 노래가 재난을 당한 이들에게 위로를 줄 수 있고 그것
은 예술의 힘이다. 때로는 찢어지는 비명이 다가오는 재난을 경고
할 수 있고 그것 역시 예술의 힘이다. 위로의 노래가 필요한 순간
이 있고 사이렌이 필요한 순간도 있다.

지금 새로운 재난이 오고 있다는 느낌을 받는다. 그게 뭔지, 거
기에 어떤 이름이 붙을지는 잘 모르겠다. 중산층이 무너지고 있
다. 몇몇 천재들의 창의적인 아이디어나 부동산에 매겨지는 가격
은 가파르게 상승하는데 성실한 노동의 가치는 추락한다. 플랫폼
과 인공지능이 노동시장을 흔든다. 일에서 의미나 보람을 찾는다
는 사람은 드물다. 이런 현상들을 '자본가 대 노동계급'이라는 과
거의 틀로 파악하고 대처할 수는 없다는 게 내 생각이다.

나는 저 현상들의 한가운데 있으며 그 현상들을 제대로 이해하
지 못한다. 원인도 모르고 대책도 모른다. 그러나 그것이 고통스
럽다는 사실을 알고, 그 고통에 대해서는 쓸 수 있다. 후대 작가들

은 알 수 없는 것, 동시대 작가의 눈에만 보이는 것도 있다. 스타인벡도 통화 긴축이 대공황을 불러왔다거나 재정지출 정책을 펼쳐야 한다는 얘기를 소설에 쓴 것은 아니었다. 이런 마음으로 기획안을 쓰고 작가들을 모았다.

치열하게 쓰겠습니다.

2023년 9월
장강명

월급사실주의2025
내가 이런 데서 일할 사람이 아닌데
ⓒ 김동식 서수진 예소연 윤치규 이은규 조승리 황모과 황시운 2025

1판 1쇄 2025년 5월 1일
1판 2쇄 2025년 5월 8일

지은이 김동식 서수진 예소연 윤치규 이은규 조승리 황모과 황시운
책임편집 방원경 | 편집 정은진
디자인 최윤미 이원경 | 저작권 박지영 형소진 오서영
마케팅 정민호 서지화 한민아 이민경 왕지경 정유진 정경주 김수인 김혜원 김예진
    나현후 이서진
브랜딩 함유지 박민재 이송이 김희숙 박다솔 조다현 김하연 이준희
제작 강신은 김동욱 이순호 | 제작처 한영문화사

펴낸곳 (주)문학동네 | 펴낸이 김소영
출판등록 1993년 10월 22일 제2003-000045호
주소 10881 경기도 파주시 회동길 210
전자우편 editor@munhak.com | 대표전화 031) 955-8888 | 팩스 031) 955-8855
문학동네카페 http://cafe.naver.com/mhdn
인스타그램 @munhakdongne | 트위터 @munhakdongne
북클럽문학동네 http://bookclubmunhak.com

ISBN 979-11-416-0173-7 03810

www.munhak.com